春日暖阳

方有禄现代小戏集

方有禄 ◎著

中国戏剧出版社
CHINA THEATRE PRESS

图书在版编目(CIP)数据

春日暖阳 ：方有禄现代小戏集 / 方有禄著. -- 北京 :
中国戏剧出版社，2022.8
ISBN 978-7-104-05242-5

Ⅰ. ①春… Ⅱ. ①方… Ⅲ. ①剧本－作品综合集－中
国－当代 Ⅳ. ①I230

中国版本图书馆CIP数据核字(2022)第110655号

春日暖阳——方有禄现代小戏集

责任编辑：黄艳华
责任印制：冯志强

出版发行：中国戏剧出版社
出 版 人：樊国宾
社　　址：北京市西城区天宁寺前街2号国家音乐产业基地L座
邮　　编：100055
网　　址：www.theatrebook.cn
电　　话：010-63385980（总编室）010-63381560（发行部）
传　　真：010-63381560

读者服务：010-63381560
邮购地址：北京市西城区天宁寺前街2号国家音乐产业基地L座

印　　刷：北京鑫益晖印刷有限公司
开　　本：787mm×1092mm　1/16
印　　张：11.75
字　　数：179千
版　　次：2022年8月 北京第1版第1次印刷
书　　号：ISBN 978-7-104-05242-5
定　　价：72.00元

▲睦剧小戏《鸳鸯马》

何仁德饰黄树根，吴蔚饰小叶子，施桂英饰春狗媳妇，潘咏霞饰小豆娘（淳安县文化馆演出）

◀睦剧小戏《心愿》

吴蔚饰陈苗，鲁万来饰陈父，何仁德饰陈康来，潘咏霞饰王欣玫（淳安县文化馆演出）

▶越剧小戏《晒棉袄》

陈小琴饰媳妇甲，梁红花饰媳妇乙，徐进饰何菁，凌亚平饰媳妇丙，毕妙君饰王闲姣（临安市文化馆演出）

▲睦剧小戏《好媳妇》

汪晓青饰何婶，施桂英饰田嫂，何仁德饰老书记，潘咏霞、洪霞、钟鑫饰众媳妇（淳安县文化馆演出）

▼睦剧小戏《山野小曲》

何仁德饰李大春，潘咏霞饰王秀英（淳安县文化馆演出）

◀睦剧小戏《满月酒》

何仁德饰张开，潘咏霞饰张妻（淳安县文化馆演出）

▶睦剧小戏《旧梦重圆》

潘咏霞饰菊花，何仁德饰春狗，施桂英饰何婶（淳安县文化馆演出）

◀婺剧小戏《一诺千金》

杨顺饰春花，王小连饰媳妇，李丽饰秋月，朱英饰老板（江山市文化馆演出）

▼越剧小戏《选票》

陈莎莎饰何菊花，梁彬饰李世安，叶瑾锦饰李晓霞（温岭市文化馆演出）

▲睦剧小戏《拆迁》

郑水军饰判官，何仁德饰李大兴，方凯、郑敏、孙华、郑锐韧饰鬼卒（淳安县睦剧团演出）

▼睦剧小戏《一把尺子》

徐四娟饰何美仙，孙华饰陈满春，何仁德饰陈满根（淳安县睦剧团演出）

◀睦剧小戏《春日暖阳》

何仁德饰老方，鲁万来饰王师傅，洪嫣如饰小王（淳安县睦剧团演出）

序

周子清

欣闻有禄兄要出书了，内心由衷地为他感到高兴，也为我们浙江省群文戏曲界感到骄傲。

前些年，我曾向杭州市有关文化部门提议给方有禄策划一场《方有禄创作小戏专场》演出活动，小戏也选了，方案也起草了。嘿！疫情来了。加上他是个为人谦卑，做事极为低调的人，一口说算了。唉！今年3月10日，去淳安辅导小戏《春日暖阳》，听他说跟中国戏剧出版社已经签协议了，《春日暖阳——方有禄现代小戏集》要出版了。他邀我写个序，我欣然答应。

2005年，我还在金华工作的时候，到常山参加浙江省第二届群文小戏会演，同方有禄住一个房间。他衣着朴素，举止本分，言语不多，微笑谦和，同我一样从背包里拿出一本书来看。寒暄几句后，方知他也演过许仙，于20世纪80年代初还到过浙江婺剧团去学过《断桥》，真是“大水冲了龙王庙，自家人不认识自家人”。两个“许仙”同住一个房间，那晚聊天聊地聊人生，戏里戏外说戏文，聊到很晚。

2008年5月，我走上浙江省文化馆戏曲编导岗位工作后，渐渐与方有禄的接触多起来。我们不仅同为演员出身，而且还有相同的文学创作爱好，经常写一些自己喜欢的文章，尤其是他写的小戏，在全国、全省赛事中获奖颇丰。可他很谦虚，每次一有新作品出炉，就总会发给我，说是让我多提修改意见。我只得更谦虚，更认真地来对待他这样的人与作品。我一般白天不轻易看我认为值得研讨的作品，要等到夜深人静时，就灯品读。仔细看，认真读，慢慢品，静静思之后记下笔记，再同他们沟通。

比如有禄兄写的睦剧小戏《心愿》，写的是农村老父亲挂念城里的儿子一家人的生活，拎着一篮土鸡蛋，去给正在高考中的孙女补充营养；儿媳妇在误解的同时，还指责公公咳嗽影响女儿高考复习，公公知趣地马上要回乡下，可在临行前，从口袋中掉出的诊断书却暴露了患病的真相。那一年，我的父亲也刚刚往生不久，家母一个人在家白天没事情，会走到我父亲的坟前坐上半天，跟坟中的父亲说说话。家母夜里常常梦见我们儿女们回家看望她。哎呀，真是可怜天下父母心啊！我把这种感觉告诉方兄，于是他就加了一段老父亲的核心唱段，来表现老父亲一个人孤独地生活在老家，没人说心里话，心里记挂城里儿女的思念之情。我去辅导这段戏的时候，自己就几次泪流满面，心生愧疚与感恩父母的养育之情。所有的演员以及来探班的女局长都被感动得稀里哗啦，热泪盈眶。她说睦剧小戏《心愿》很感人、很有戏、很接地气，一定会成功。果不其然，这部小戏后来获得全国“大年小戏闹新春”视频展播观众最喜爱十部小戏、华东六省一市现代小戏大赛金奖、浙江省新农村建设题材小戏大赛创作金奖。近几年，睦剧小戏《心愿》文化走亲，送戏进乡村文化礼堂演出，演到哪里，那里就有被感动得流泪的人，那里就有一片叫好声，那里的家人就会更加和睦和谐，那里的家庭就会更加温情温馨，从而给淳安当地乡村振兴，“好家风”文明建设起到了很好的示范与推动作用。

小戏难写就难在一个“情”字，情意绵绵、情感交错、情到深处方有戏。有禄兄创作的小戏剧中人物极具淳安地方风情，男人有着山里人勤劳善良、淳朴执着的性格，女子有着千岛湖的灵秀多情、善解人意。无论是《鸳鸯马》的邻里情，《心愿》的父子情，《好媳妇》《晒棉袄》的婆媳情，《春日暖阳》的父女情，还是《满月酒》《旧梦重圆》《山野小曲》的夫妻情，爱情、亲情、友情、乡情，情情相牵，情情相连，情情关情，情中有戏，戏中有情，情在心中。有禄兄本人在生活与工作中，对身边的人一贯谦让包容，不计较个人得失，只要大家好就好。

这就是方有禄，他写的戏真有戏！

王寅清明于古婺州双清乐府

目 录

鸳鸯马

时　间　现代

地　点　浙西山区黄家村

人　物　黄树根，男，45 岁，黄家村主任兼竹马表演队队长

春狗媳妇，女，36 岁，黄家村村民，竹马表演爱好者

小豆娘，女，35 岁，黄家村村民，竹马表演爱好者

小叶子，女，23 岁，黄家村村民，竹马表演爱好者

[幕启。

[黄家村村民活动室门口。

[幕后合唱：山村景色美如画，

文明和谐新农家。

邻里和睦传佳话，

扬鞭催马把家发。

[在合唱声中，春狗媳妇、小豆娘和小叶子在黄树根的带领下，欢快地跳着竹马舞，然而春狗媳妇和小豆娘在表演中总是相互扯皮。

黄树根　（生气地）停——（指着春狗媳妇和小豆娘）看看你们两个，跳的是什么呀，有你们这样跳鸳鸯马的吗？我们村开发农家游，今天是第一次接待游客，“跳竹马”作为一个重点项目，如果像你们这样

跳的话，怎么对得起游客？我们老祖宗传下来的跳竹马，也要被你们糟蹋啦！

春狗媳妇 （嘟囔着）谁要和她一起跳鸳鸯马呀。

小豆娘 （自言自语）看到她，我就生气。

黄树根 小叶子，你到村口去看看，来我们村旅游的客人来了没有？

小叶子 是！

[小叶子调皮地做了一个鬼脸，下场。

[春狗媳妇和小豆娘你一句我一句互不相让地争吵着。

黄树根 （无可奈何地）春狗媳妇、小豆娘哎——游客就要来了，你们不要吵啦。哎哟——我的姑奶奶，我的姑嫂嫂，你们不要吵啦！（见她俩不听，大声并严厉地）不要吵啦，再来一遍！

[春狗媳妇和小豆娘很不情愿地跳起竹马……当二马相亲时，二人都敌视地避开。

黄树根 （生气地）停——你们这……这跳的哪里是鸳鸯马，我看是……嗐！

（唱）鸳鸯马，相亲相爱不分家，
含情脉脉才能把意达。
你们却恩断义绝不相望，
不像鸳鸯像冤家。

（白）再来一遍！

[黄树根嘴里念着锣鼓，春狗媳妇和小豆娘重新跳起鸳鸯马……

黄树根 二马相对要含情脉脉……动作要温情，……感情……注意感情……要恩恩爱爱——哎！你们俩究竟是怎么一回事啊？怎么就是尿不到一个壶里去哩。

春狗媳妇
小豆娘 我们本来就尿不到一个壶里去哟。

（唱）我也想跳好这鸳鸯马，
游客面前风光又潇洒。
要怪你要把她怪，
为啥见我变木马。

黄树根　好了好了，我看你们也不要跳了，停下来歇歇吧！

春狗媳妇　（没好气地）是要停下来歇歇了，我们家的羊不知道被哪个黑心鬼把腿都打瘸了，一报还一报，我要去打回来。

小豆娘　哎哟喂，现在都不知道是羊黑心，还是人黑心，一个早上要吃掉我两垄菜，哼，谁要是打我的羊，我就要她赔我的菜！

春狗媳妇　羊是畜生又不是人，吃了那么一点点菜，你就要下这么大的狠心啊！

小豆娘　羊是人养的，打羊是为了教育主人！

春狗媳妇　和畜生过不去，你真不要脸！

小豆娘　谁不要脸啦，你给我说清楚……

[春狗媳妇和小豆娘争执着，并用竹马相互击打……

黄树根　（恼怒地）好啦，不要吵了！真是莫名其妙！

春狗媳妇　村主任，你给评评理！

小豆娘　村主任，你给断断案！

春狗媳妇　村主任，你听我说！

小豆娘　村主任，你听我讲！

春狗媳妇
小豆娘　让我先说……

[二人拉着黄树根争吵着。

黄树根　哎呀——你们不能慢慢说吗？这样拉拉扯扯的，人家还以为在“抢新郎”呢，让人家看见多不好意思。这……好啦！（春狗媳妇和小豆娘由于用力过猛，扯掉了黄树根的两只袖子）这……嗐！（苦涩地）这下好啦，变背心了，赶上时代潮流啦！

春狗媳妇
小豆娘　都是你，扯掉袖子应该你赔……

[二人相互指责，互不相让。

黄树根　（分开争吵着的小豆娘和春狗媳妇，严厉地）好了！你们有事说事，这样吵吵闹闹的像什么样子！（指着春狗媳妇）你先说。

春狗媳妇　村主任啊！

（唱）我家公羊性厚道，
终日后山觅青草。
她家母羊不安分，
卖弄风情姿色骚。
公羊被骗到她家，
菜地里面乱胡闹。
她二话没说举棍打，
打得公羊又瘸又拐没处逃。
村主任你来评评理，
良心中间不偏饶，
两垄菜毁了是实情，
能不能全怪公羊一个闹。

小豆娘　村主任哎！

（唱）你别听她瞎说一气，
听我把话说明细。
她家公羊像皇帝，
进出菜地像逛街里。
贪吃贪玩还好色，
把我家母羊来调戏。
我来教训有什么稀奇？
腿瘸它才能明事理！

黄树根　我听清楚啦，（指着春狗媳妇）你家的公羊调戏她家的母羊。（指着小豆娘）你家的母羊卖弄风骚勾引她家的公羊……什么乱七八糟的！那是两只畜生哎，没有你们俩懂事——

春狗媳妇
小豆娘　村主任，你——

黄树根　噢——我是说，你们两个本来要好得恨不得同穿一条裤子，现在为了这么一点点小事就闹得你不理我，我不理你的，我看啊——你们还真不如家里的两只羊呢！

春狗媳妇　什么意思？

小豆娘　是啊，什么意思？

黄树根　（指向远处）你们看，那前面山坡上吃草的两只羊，是不是你们两家的公羊和母羊啊？

春狗媳妇　哎呀，这只不争气的畜生啊，我叫你不要出来，不要出来，你怎么又……嗐！

小豆娘　（气急地）哎呀，我那羊在后山吃得好好的，怎么又跑到前山来了呀？

黄树根　（对小豆娘）是啊，你的羊应该好好教育教育！不要和仇人的羊混在一起！

小豆娘　羊……是畜生哎，它怎么会知道！

黄树根　（对春狗媳妇）你家的羊也太没有志气了，刚刚被人家打瘸了腿，现在又和它混在一起了！

春狗媳妇　羊……是畜生，它怎么会明白哩！

黄树根　（感慨地）羊不明白，人总应该明白呀！

（唱）你俩从小像亲姐妹，
心胸宽来气量大。
凡事多往好处想，
阳光能把乌云化。
想当年，
小豆娘你生娃娃，
丈夫在外难回家。
是她忙里又忙外，
儿子满月她累垮。
还有你，

当年家中盖新房，
她忙着搬砖又挑沙。
热茶是她家中烧，
亲如姐妹人人夸。
如今互相把墙挖，
伤情伤心傻不傻！
（白）我看你们两个人啊，
还真不如对面山上那两只恩恩爱爱的羊哩！

春狗媳妇
小豆娘 （思绪万千）
（唱）听了村主任的知心话，
我内心就像猫狗抓。
想当年，亲生姐妹不如咱，
身影相随我离不开她。

春狗媳妇 （唱）下地一起干农活，

小豆娘 （唱）上山一起采春茶。

春狗媳妇 （唱）包顿饺子她帮忙，

小豆娘 （唱）烧碗面条俩人尝。

春狗媳妇 （唱）我不该为点小事把脾气发，

小豆娘 （唱）我不该小肚鸡肠闹摩擦。

春狗媳妇
小豆娘 （唱）思绪万千我心如麻，
执迷不悟我就是傻。
今后我俩手挽着手，
共谋宏图把家发。

春狗媳妇
小豆娘 村主任，我们错了！

黄树根 这就对了嘛！一根藤上两个瓜，一村人本该是一家，我们能生活在一起本来就是缘分，你们两只羊——

春狗媳妇
小豆娘　村主任，你——

黄树根　我说错了，　我是说你们这对鸳鸯马还真应该好好地向那两只羊学习学习哩！

春狗媳妇
小豆娘　村主任！

黄树根　哈——

小叶子　（边喊边跑地上场）村主任，村主任……来我们村旅游的客人快到村口啦！

黄树根　（紧张地）什么？快到村口啦，那我们赶紧系好竹马跳起来！

春狗媳妇
小豆娘
小叶子　（兴奋而激动地）好嘞，我们跳起来哎！

［幕后合唱：跳竹马呀竹马跳，
跳出和谐新风尚。
鸳鸯马儿睦邻里，
文明花开遍地香。

［在欢快而富有地方特色的鼓乐声中，大家尽情地跳着竹马舞……

［剧终。

本戏获得 2008 年全国首届农村文艺会演金奖；2005 年浙江省第二届小戏会演编剧一等奖、表演一等奖。

心　愿

时　间　周末

地　点　陈康来家

人　物　陈　父，70 余岁，农民，陈康来父亲

陈康来，45 岁，机关公务员

王欣玫，43 岁，某公司员工，陈康来妻

陈　苗，18 岁，高三学生，陈康来女儿

[幕启。

[陈康来家客厅。

[幕后合唱：女儿高考事大如天，

脚步轻放细声言谈。

亲朋好友谢绝来访，

确保复习清静安然。

[合唱声中陈康来和王欣玫小心翼翼、轻手轻脚地忙碌，生怕影响女儿复习。

陈康来　老婆——

王欣玫　（忙用手提示）轻点！

陈康来　（细声细语地）老婆，我去趟菜市场，给苗苗买点土鸡蛋回来，她复习太辛苦了，要给她增加增加营养。

王欣玫　我早想到了！今天早上附近的几个菜市场我都转过了，根本就买不到正宗的土鸡蛋。

陈康来　哦……那这样吧，我打电话给苗苗的爷爷，让他带点过来。

王欣玫　（急忙阻止）啊呀别，你爸爸来了，麻烦就大了，他是老支气管炎，一天到晚咳个不停，他来了，苗苗还能复习吗？

陈康来　这倒也是，不过……

王欣玫　少出馊主意啊，我来想办法。

[俩人悄悄地说着。

[陈父疲惫而蹒跚地上。

陈　父　（唱）心沉重，步难迈，

思念亲人心里酸。

心忧郁，情难安，

不由自主到门前。

[陈父犹豫再三上前敲门。

王欣玫　（听到敲门声心烦气急地）这是谁啊，关键的时候来捣什么乱啊！

陈康来　（轻声地问）门外是谁啊？

王欣玫　谁知道啊，别理他。

[王示意陈回房。二人刚走几步又响起敲门声。

王欣玫　（懊恼地打开门，见是陈父，惊讶地）爸——

陈康来　（见是父亲，高兴地）爸，你——（王立刻制止并示意轻点，轻声地）爸，你怎么来了？

陈　父　唉——想你们了，我就……（王又示意说话轻点，轻声地）我就不由自主地来了！

王欣玫　爸您坐下，先喝杯水！（埋怨地）爸，您要来的话应该提前说一声，爸！

（唱）苗苗下月要高考，

静心复习是关键。

此时此刻上门来，

你这不是来添乱？

陈康来 欣玫，你怎么能这么说。爸，原来让您进城来和我们一起过，您死活不肯来，今天怎么突然来了？

陈　父 想你们，想苗苗了啊——

（唱）想你们七上八下心牵挂，
　　我晓得不该此时来添乱。
　　可是我放心不下夜难眠，
　　拎篮土鸡蛋就往城里赶。（咳嗽）

王欣玫 爸，来，坐下喝口水。

[陈父忍不住咳嗽，王急忙示意忍着点。

王欣玫 （帮陈父敲背）爸，不是我不让您来，这段时间是苗苗复习最关键的时候。您有严重的气管炎，整天咳个不停，您这样老咳嗽，是要影响苗苗复习的啊。

陈　父 （内疚地）是是……

[苗苗听到声音出。

陈　苗 （见到爷爷高兴地）爷爷，您怎么来了？

陈　父 （高兴地）想你了！来，我的宝贝孙女，让爷爷好好看看！

陈　苗 爷爷，我也想您啊！

王欣玫 （忙制止苗）苗苗，回房复习去。

陈　苗 妈，我好久没见爷爷了，让我跟爷爷聊会儿吧。

王欣玫 不行。

陈　苗 （向陈求援）爸，就让我聊会儿吧。

陈康来 欣玫，就让他们爷俩聊会儿吧！

王欣玫 （无奈地）只能五分钟。

陈　苗 Yes！

[陈、王下。

陈　苗 爷爷！

（唱）在梦里我常常把爷爷念，
　　今日里见到爷爷心喜欢。

陈 父 （唱）想孙女我是日盼夜也盼，
今日里相见我心比蜜甜。

陈 苗 （唱）爷爷你脸色憔悴显疲倦，
莫不是一路劳累身欠安？

陈 父 （唱）爷爷我身体强壮勿挂念，
孙女你好好复习把书看。
我给你带来正宗土鸡蛋，
吃了身体棒定能考状元！
哈哈哈——

[陈、王上。

王欣玫 好了，苗苗，抓紧复习去。

陈 苗 （嘟囔着）哦！爷爷，我去复习了，吃晚饭时我们再聊！

[陈苗很不情愿地进房间。

[陈父咳喘，王帮陈父敲背。

陈康来 爸，您咳得这么厉害，既然来了，明天就去医院检查一下，老这样咳也不是个事情。

陈 父 老毛病了，（又咳嗽）不碍事，我去趟卫生间。（下）

陈康来 欣玫，爸来一趟不容易，既然来了，就多住几天，顺便我带他去医院检查检查。

王欣玫 你脑髓搭牢啦，现在是什么时候？

陈 苗 （上）妈，爷爷咳得这么厉害，要不要紧啊？

王欣玫 不要紧的，是老毛病了。

陈 苗 去医院看看吧！

王欣玫 我会带爷爷去看的，你赶紧复习去。（苗下）康来，你看看，你看看，爸咳得这么厉害，都影响苗苗复习了。

陈康来 欣玫，我爸既然来了，就让他去医院检查一下再走。

[爷爷上。

王欣玫 不行，等一下你就去买张明天回去的车票。

陈康来　（不悦）我不去。

王欣玫　你不要弄不灵清，你要为你女儿的前途着想！

陈康来　这……

陈　父　好了好了，你们俩不要吵了。

（唱）看到你们都安康，
　　　我也心安无牵挂。
　　　回程车票已买好，
　　　即刻动身转回家。

陈康来　爸——

陈　父　好了，现在时间也差不多了，我也该回去了。

王欣玫　爸，对不起噢，等苗苗高考结束后啊，我马上去接您回来！

陈　父　好好……我去跟苗苗说一声就走。（下）

王欣玫　康来，等一下你送爸去车站，顺便啊吃了晚饭再走。

陈康来　我不去。

王欣玫　你去不去？

陈康来　欣玫！

（唱）爸爸孤身在农村，
　　　辛苦劳累一身病。
　　　此番突然来省城，
　　　其中一定有原因。

欣玫，我爸这次来我感觉有些突然，你看他精神这么差，人这么憔悴，如果让他一个人回去，我真的放心不下，万一路上有个三长两短……

王欣玫　呸呸呸，乌鸦嘴！康来，爸是老毛病了，你就放心吧。

（唱）爸爸他，虽然脸色不太好，
　　　可精神矍铄还康宁。
　　　等苗苗高考结束后，
　　　我亲自接他回家门。

[陈苗扶着爷爷出。

陈　苗　爷爷，您就多住几天吧。妈，您劝劝爷爷，让爷爷留下来吧。

王欣玫　苗苗！

陈　父　好了好了，苗苗，去给爷爷倒杯水，爷爷吃下药就走。

[陈父从口袋中拿药时带出一张医院诊断书。

王欣玫　（从地上捡起医院诊断书）诊断书，（看后惊呼）啊——康来康来！

陈康来　（接过诊断书）啊！爸，您的毛病这么严重了，您为什么不打电话告诉我们。爸，我现在就送您去医院。

陈　父　（泰然自若地）不要紧的，我没有医生说的那么严重，多少癌症病人不是活得好好的。癌症我倒不怕，我怕的是想你们的时候，你们不在身边啊！

（唱）人老心寂怕孤单，
盼望亲人在身边。
寂寞难耐无人伴，
你妈坟前衷肠念。
思念你们夜难熬，
相会总是在梦间。
时常当心留遗憾，
一别阴阳难相见。

好了，现在看到你们工作顺顺利利的，身体健健康康的，我也就没什么遗憾了，我也该走了。

[陈父拿起行李往门外走。

王欣玫　（内疚而伤心地）爸爸！留下吧！

（唱）未开言我泪流满面，
心愧疚我自惭无颜。
父亲您为了我们安心工作，
深深地埋藏心中的挂念。
父亲您为了我们的期盼，

独自忍受病痛的熬煎。
我辜负了父爱的深情，
我辜负了父爱的心愿。
人生中工作事业固然要紧，
但父爱亲情更满心田。
（白）爸——留下吧！
（唱）让我们尽份儿女的孝心，
陪伴着您一起渡过难关。
从今后亲人左右永相伴，
从今后儿媳尽孝在跟前。
从今后酸甜苦辣共品尝，
从今后悲欢离合共承担。
愿父亲原谅我这不孝的儿媳，
让我们一起共享亲情的温暖。

王欣玫 爸，留下吧！

陈　苗 爷爷，留下吧！

陈　父 （感慨地）好，留下，留下！

[陈父拥抱陈、王和苗苗。

[幕后合唱：父爱亲情血水相融，
爱如阳光照暖心田。
人生最珍贵的画面，
亲人相伴合家团圆。

[剧终。

本戏获得2015年国家数字文化网“大年小戏闹新春”十个观众最喜爱的小戏；华东六省一市现代小戏会演金奖；2014年浙江省新农村建设题材小戏大赛创作金奖、表演金奖。

晒棉袄

时　间　夏天

地　点　李家村文化广场

人　物　何　菁，35 岁，李家村妇女主任

张　婶，58 岁，何菁婆婆

王娴姣，35 岁，李家村媳妇

媳妇甲、乙、丙

[幕启。

[李家村文化广场挂满五颜六色、新旧不一的棉袄，每件棉袄上都别着一张写着名字的纸条。

[幕后合唱：六月阳光火灿灿，

广场棉袄晒成片。

晒出孝心与德贤，

晒出婆媳亲情暖。

[合唱声中何菁、王娴姣和媳妇甲、乙、丙在棉袄中穿梭舞蹈，查看着每件棉袄。

何　菁　（唱）李家村，文明和谐新农村，

重孝道，淳朴村风人称赞。

树新风，村里评选好媳妇，
为公平，设置四轮来评选。
前三轮，分数相差不明显，
这一轮，花落谁家是关键。
今日里，精心策划见匠心，
晒棉袄，比比媳妇孝与贤。

这一轮的主题是“孝敬长辈、婆婆当亲妈”。通过晒棉袄，看看我们这些媳妇是不是真的把婆婆当亲妈！

众　我们对婆婆啊比亲妈还亲！

媳妇甲　何主任——

（唱）我婆婆棉袄多好看，
蚕丝的里子红绸面。

媳妇乙　（唱）我婆婆棉袄也不赖，
精细的做工轻又暖。

媳妇丙　还有我婆婆的哩！

（唱）羽绒的棉袄最新款，
跟上了时代更御寒。

王娴姣　你们再看看我家婆婆的！

（唱）鹅绒棉袄轻巧柔软，
时尚环保美而温暖。
精美面子是丝绸缎，
穿着端庄人人称美。

众　这棉袄真漂亮！

王娴姣　那当然，我对婆婆可是“石头落在碓窝里——实打实的”。

何　菁　（拿过棉袄端详）嗯，真不错！看来这一轮的分数还真难评。

王娴姣　咦——何主任，好像没看到侬婆婆的棉袄啊？

众　是啊，我们也没看到。

何　菁　为了公平起见，我退出好媳妇的评选。既然村委会让我主持这一轮的评选，我总不能既当裁判又当运动员吧。

王娴姣　到底是主任的风格高！

媳妇甲　真当是我们的好主任！

王娴姣　大家为主任鼓掌。

[众鼓掌。

何　菁　好了……大家再仔细看看，看还有谁家的棉袄没有晒出来。

众　是。

[众在棉袄中穿梭查看。

[张婶拿着棉袄拄着竹棍摸索蹒跚地上场。

张　婶　（唱）媳妇她忙了家事忙公事，
到现在棉袄还在家里面。
想广场棉袄晾晒定成片，
我不能让她评选都泡汤。
步蹒跚我急忙往广场赶，
替媳妇把棉袄晾晒衣杆。

王娴姣　（见张婶热情地搀扶）张婶来啦！

何　菁　妈，侬那介来啦！

张　婶　我来替侬晒棉袄。

何　菁　（急忙阻拦）妈，晒什么棉袄啊，我又不参加评选。

张　婶　什么，不参加评选了？

何　菁　妈，这一轮评选我是负责人，我总不能自己给自己打分吧！

张　婶　这有什么关系，古代还讲个"毛遂自荐"呢，侬为什么就不能给自己打个分哩？（对众）你们说是不是啊！

众　这……

张　婶　（对众）来，把棉袄给我晒上。

[王欲拿，何急忙抢过棉袄。

何　菁　（心急地）妈，跟侬说不参加了，还晒什么呀。

王娴姣　何主任，既然拿来了就晒上吧。正好也让我们看看张婶穿的是啥格好棉袄。

众　是啊。

何　菁　（尴尬地）算了吧。

王娴姣　（看何紧紧抱着棉袄，疑惑地）何主任，既然拿来了，为什么不让我们看看哩？

众　（起哄地）是啊，为什么不让我们看看哩？

何　菁　（抱着棉袄，紧张地）有什么好看的，还是看看那些晒着的棉袄吧。

王娴姣　（故意地）晒着的棉袄要看，主任家的棉袄更要看。（对众）大家说是不是啊？

众　是啊！

王娴姣　（趁何不备，抢过棉袄）呀！（嘲讽地）介好的棉袄啊！真当是“蝎子尾巴——独一件”啊！（抖着棉袄）大家快来看啦！

[众争抢棉袄看，七嘴八舌议论纷纷。

王娴姣　主任，侬看介件棉袄粗布面料又破又旧，侬就给婆婆穿介样的棉袄啊！侬真当是给我们树新风啦！

媳妇甲　我还真以为侬不参加评选是风格高，原来是怕露馅啊！

王娴姣　平日里还经常教育我们要敬老行孝，背地里自己对婆婆是这样的不孝，真是让人寒心。

媳妇乙　就是，当面一套，背后一套。

媳妇丙　还好意思教育我们，真是可笑。

王娴姣　就是欺负她婆婆眼睛看不见！

众　就是！

王娴姣　今朝是“眉毛上挂钥匙——让我们开眼”啦！

众　是啊！真让我们开眼啦！

何　菁　这……

（唱）姐妹恶言将我怨，
思绪全乱五味翻。
我是哑巴吃黄连，
心里自知苦与甜。
我是母鸡吃麻糍，
开口也难说更难。

王娴姣　（唱）眼前棉袄大家看，
粗布面料还补肩。
这样媳妇要算贤，
地里蛐蝉能飞天。

张　婶　（气愤地）你……哼！
（唱）棉袄是旧我喜欢，
粗布面料更温暖。
棉袄冷暖在心田，
不用你们话长短。

王娴姣　（唱）张婶此言道理偏，
不敢苟同听我言。
棉袄破旧又补肩，
谈何孝心和德贤？
乌鸦还有反哺孝，
为媳就该德孝贤。

张　婶　媳妇孝不孝，我心里清楚，用不着你们说三道四。

王娴姣　张婶，当村干部的人给侬穿介样的棉袄，侬让我们怎么看？又怎么能主持我们村的好媳妇评选呢？

媳妇甲　是啊，还给我们打分哩，真是天晓得。

媳妇王　这样不孝的人，怎么能当我们村的妇女主任啊！

媳妇乙　是啊，我看应该撤销。

众　对！撤销！撤销！

张　婶　（气愤地）啥人说要撤销？啥人说要撤销？侬这些乌鸦婆娘乱嚼舌头，看我怎么收拾你们。

[张婶愤怒地挥舞着竹棍追打众人，众人躲避。何忙劝阻。

何　菁　妈，侬这是做什么呀！妈，我们先回去。

[何扶婶欲下，王等众媳妇拦住。

王娴姣　（讥讽地）何主任，别跑啊，把侬婆婆的棉袄晒出来，让全村的老老少少好好看看，侬这个妇女主任给婆婆穿的是啥格棉袄！

众　是啊，让大家好好看看。

何　菁　这——

张　婶　（忍无可忍）真是“猪尿泡打不死人——气煞人”。侬这些人好好看看！

[张婶摸索着从何菁手中拿过棉袄，撕开了粗布外套，露出里面崭新的羽绒棉袄，众愕然！

张　婶　媳妇啊，侬的良苦用心，妈心里早就清楚了。

王娴姣　（迷糊地）张婶，这是怎么一回事啊。

张　婶　（激动地）我眼睛虽瞎，但心里煞煞灵清。

（唱）手捧棉袄如阳光温暖心田，
媳妇情意似春风拂过心间。
自从何菁嫁进门，
忙里忙外没空闲。
儿卧病床我瞎眼，
家里日子故艰难。
她勤劳持家省吃节俭，
舍不得为自己把衣添。
为了让我过冬穿得暖，
买来羽绒棉袄将我瞒。
怕我生气把棉袄退还，
用旧衣服缝制在外边。
说是把旧棉袄重新翻，
让我穿在身上把心安。
我的眼睛虽瞎心亮堂，
媳妇的孝心我心里藏。

（对何）媳妇啊，新棉袄穿在身上我能勿晓得吗！我是把侬这份孝心放在心里啊！

何　菁　妈！

（唱）原谅我瞒着你施了心计，

只希望你过得幸福安然。
婆婆你穿得温暖是我心愿，
孝敬你更愿你身暖心更暖。
行孝道不在表面在心间，
敬老人真情实意才心安。

张　婶　哼！我是眼睛瞎，但是心里明白，你们这些人才是真正的瞎子！

众　（惭愧地）这……

王娴姣　何主任，我……我是歪嘴和尚念歪经，侬勿要介意。

众　是啊，我们错了。

张　婶　哼！你们啊——（举棍欲打）

众　（惊呼）何主任——

[众人忙躲在何主任身后。

何　菁　（拦住张婶）妈，不要生气啦！

张　婶　（对众）那何菁能不能参加好媳妇评选？

何　菁　妈——

王娴姣　当然能参加，像她这样的媳妇，才是我们李家村真正的好媳妇！

众　对，侬才是我们李家村真正的好媳妇！

何　菁　这……

张　婶　你们服气啦？

众　服气，一万个服气！哈哈哈……

[幕后合唱：晒棉袄晒出媳妇孝与贤，
晒棉袄晒出晚辈真与善。
人间真情温暖心田，
贤孝美德代代相传。

[剧终。

本戏获得2015年江浙沪现代小戏邀请赛金奖；
2014年浙江省新农村建设题材小戏大赛创作金奖、表演金奖。

好媳妇

时　间　现代

地　点　桃花村村委会

人　物　老书记，桃花村老书记，好媳妇评委会主任

田　嫂，桃花村村民

何　婶，桃花村村民

众媳妇，桃花村年轻媳妇

[幕启。

[桃花村村委会办公室。

[幕后合唱：开心的锣鼓已敲响，

颁奖的舞台要开场。

评出好媳妇来亮相，

和谐的山村喜洋洋。

[合唱声中众媳妇舞蹈。田嫂和何婶一个推一个拉着老书记上场。

老书记　你们有话好好说，这样拉拉扯扯成何体统。再说表彰会就要开始了，你们这样，不是耽误我的事吗？

田　嫂　老书记，你透透风，我家媳妇有没有评上？

何　婶　老书记，你漏点嘴，我家媳妇榜上有没有名？

老书记　哎哟——我的好田嫂，好何婶哎，评没评上，一会儿表彰会上不就知道了吗，你们问我有什么用呢？

田　嫂　你是评委会主任，不问你问哪一个啊？

众媳妇　是啊，不问你问哪一个嘞？

老书记　你们问我也没用，这是有规定的，好媳妇的名单在表彰会上才能宣布，这叫与国际接轨！

[老书记欲下，田嫂和何婶赶紧拦住他。

田　嫂　什么接鬼接神的，我们这里是淳安小山村……

何　婶　用不着接“鬼”接“神”的。

田　嫂
何　婶　（打趣地）快说，不说，我们就让你变成“鬼”！

老书记　让我变成鬼，我也不能说！这叫“留悬念”，奥斯卡颁奖不也是这样的。（欲走）

何　婶　奥斯卡，什么是奥斯卡？

田　嫂　我只晓得农保卡、银行卡，从来没听说过奥斯卡？

众媳妇　奥斯卡就是国际电影大奖！

老书记　清楚没有？

田　嫂　哎哟——你这个杀千刀的，糊弄我们老太婆啊，你说好媳妇到底是谁？

何　婶　对，不说就不能走。

[田嫂和何婶死攥着老书记的手。

老书记　（哭笑不得）二位姑奶奶哎，我是服了你们了。我跟你们说，全村老老少少大大小小的媳妇有多少？不要老想着自家的媳妇，你们两家的媳妇的确是好，但是还有更好的呢！

何　婶
田　嫂　还有更好的？你说，是谁？

老书记　与国际接轨，保密！

何　婶
田　嫂　这么说来，我们俩家的好媳妇评选都要泡汤嘞。

老书记　泡汤倒没有，不过你们两家只有一家评上了。

何　婶
田　嫂　只有一家评上？

老书记　（意识到说漏嘴）啊呀，我怎么说漏嘴了。

田　嫂　那一定是我的儿媳妇。

何　婶　肯定是我的儿媳妇。

[田嫂、何婶相互争执。

老书记　（劝阻）好了……你们不要争啦，开表彰会去吧。

田　嫂　老书记哎！

（唱）我家媳妇明事理，

勤劳善良有情意。

何　婶　老书记哟！

（唱）我家儿媳有志气，

科学种田出成绩。

田　嫂　（唱）当年我卧病不能起，

她细心照料不嫌弃。

何　婶　（唱）她改变贫困穷家室，

让婆媳妯娌乐滋滋。

何　婶
田　嫂　（唱）如此能干孝顺的好儿媳，

她榜上没名不合情来不合理。

田　嫂　老书记，我的媳妇应该当选。

何　婶　老书记，我的媳妇应该评上。

[田嫂、何婶围着老书记争执，老书记竭力相劝，众媳妇围观。

老书记　唉，这两个女人在一起，不是故事就是是非。（无可奈何地）你们不要吵了，你们的媳妇都没评上！

何　婶
田　嫂　（面面相觑）什么，刚刚还说有一家评上，眼睛一眨怎么都没评上了，为什么？！

老书记　田嫂、何婶哎——

（唱）不要吵来不要争，
听我把话说灵清。
村里评选好媳妇，
为的是，和谐发展把家兴。
你们想把儿媳评，
可以理解要鼓励。
可是名额有限难摆平，
还望理解能把道理明。

何　婶
田　嫂　什么，让我们理解？呸！

（唱）评选不公心难平，
凭啥要把道理明？
我家媳妇没评上，
不合道理不合情。

老书记　这——

何　婶
田　嫂　（气愤地）你说，今天要是说不出个子丑寅卯来，别怪我们对你不客气。

老书记　二位不要动气，既然话说到这个份上，那我就跟你们好好说道说道！

何　婶
田　嫂　你说啊！

老书记　我问你们，老孙家的媳妇辞掉城里的工作，回到村里一心一意照顾年迈的公公婆婆，无怨无悔，你们说她该不该评上？

何　婶
田　嫂　（肯定地）这样的好媳妇应该评上。

老书记 村头冬狗的媳妇，十多年来，丈夫一直在部队当志愿兵，她一人既要操持家务，又要耕种田地。为了使自己患小儿麻痹症的儿子能像其他孩子一样正常上学，她背着儿子从小学上到现在的中学，你们说，她该不该评上？

何 婶
田 嫂 这个……她评上我们没意见。

老书记 还有何春的媳妇李香香，何百贵的媳妇方红艳，凭她们的为人，她们的事迹，你们说她们该不该评上？

田 嫂 （嘟囔地）她们也确实不错。

众媳妇 是啊，她们确实应该评上。

何 婶 （盘算着）就是算上她们，那应该还有一个名额。

众媳妇 对，应该还有一个名额。

老书记 （不由自主地）还有一个是内定的……（马上意识到说漏了嘴）。

何 婶
田 嫂 （暴跳如雷）什么，还有内定的？

老书记 （慌忙解释）你们听我说——

田 嫂 评个好媳妇还要开后门？

何 婶 你们这是腐败！

老书记 （有口难辩）这……

田 嫂 （唱）你们做事理太歪，
评选还把后门开。

何 婶 （唱）没有送礼送钱财，
你就内定把他人裁。

田 嫂 （唱）暗箱内定把村风坏，
以权谋私是腐败。

何 婶 （唱）你良心不在中央埋，
小心今后把跟头摔。

老书记 哎——我真是“清早走进剃头铺——白挨刀”啊！

田 嫂 请老书记说说，这内定的人到底是谁？

何　婶　是啊，说出来让我们见识见识。

众媳妇　对，说出来让我们见识见识。

老书记　（对田嫂欲言又止）唉！表彰会上自然就清楚了。

田　嫂　我们现在就要弄清楚。

众媳妇　对，现在就要弄清楚。

老书记　（焦急而无奈）这——唉！这是有规定的，现在是不能说的。

[老书记欲走，田嫂、何婶拦着不让走。

何　婶
田　嫂　不说清楚，就不能走！

[老书记左冲右突，就是冲不出田嫂、何婶和众媳妇的阻拦，并且还被田嫂、何婶按倒在桌子上。

老书记　（气急败坏地）你们真是蛮不讲理，耽误了表彰会，你们是要负责任的。

田　嫂　负责就负责。

众媳妇　对，负责就负责。

何　婶　你们搞歪风邪气，开后门，今天要是不说清楚，就是不能走。

老书记　这……这都是你们逼的！这次评委会内定的好媳妇是……女的！

何　婶
田　嫂　废话，难道还是男的啊？！快讲！

老书记　（万般无奈）这……好——我告诉你们，田嫂，这个内定的好媳妇就是你！

[田嫂、何婶和众媳妇惊愕。

田　嫂　（不敢相信地）这怎么可能？

何　婶　（疑惑地）这是真的？

老书记　当然是真的，田嫂啊！

（唱）自你嫁到桃花村，
一刻没停勤操心。
当年俊俏小新人，
如今白发染双鬓。

想当年，热火朝天挖梯田，
你老公，不顾安危把哑炮巡。
哪曾想，哑炮突响惊人魂，
从此后，你老公瘫痪在床枕。
四十年，你不离不弃情意深，
四十年，你起早贪黑把家撑，
四十年，你孝敬公婆伺双亲，
四十年，你养儿成人又添孙。
你无怨无悔受人尊，
勤劳善良感人心。

老书记 田嫂啊——
（唱）日常中你传承着美德，
自然中你流淌着真情！
你就是我们桃花村的好儿媳，
让人敬佩受全村人尊钦。

田　嫂 （激动而感慨地）
（唱）老书记的一席话，
就像春风暖人心。
善待老人是孝心，
照顾家人是亲情，
养育儿孙是天伦，
勤俭持家是本分。
评我当选我亏心，
还望老书记再思忖。

何　婶 田嫂啊！
（唱）田嫂不要再推辞，
评你当选服我心。
四十年，你酸甜苦辣独自吞，
四十年，你没日没夜持家勤，

四十年，你风风雨雨感乡邻，

（白）田嫂啊，你当选这好媳妇啊！

（唱）我们老媳妇们倍感温馨。

田　嫂　（感动得热泪盈眶）他是我老公啊！他站不起来，这家里大大小小的事理应我去照顾，这是应该的。这个奖让给别人，我不要！

老书记　为什么不要？田嫂，我们不仅要评选年轻的好媳妇，更不能忘记你们这些勤劳善良的老媳妇啊！我们桃花村就因为有了你们这些老媳妇，才有今天的和谐幸福，富裕安康！

众媳妇　是啊！

何　婶　有了我们这些老媳妇，村里的小媳妇们才能无后顾之忧地在外创业，才能追求她们的理想，追求她们幸福的生活！

老书记　说得好啊，你们这些老媳妇是我们桃花村的坚强堡垒，是年轻一辈学习的榜样！

众媳妇　对，是我们学习的榜样！

[远处传来欢快的锣鼓声。

何　婶　老书记，表彰会开始了！

老书记　走，我们参加表彰会去。

田　嫂　（激动得不知所措）这……我……

众媳妇　田嫂，我们赶快走吧！

（合唱）评媳妇，树新风，

山村和谐日子红。

建设小康新农村，

幸福生活乐无穷。

[在合唱声中众媳妇舞蹈，老书记拉着田嫂、何婶推着田嫂下场。

[剧终。

本戏获得 2010 年浙江省新农村建设题材小戏会演创作金奖、表演金奖。

山野小曲

时　间　初春

地　点　浙西山区

人　物　李大春，36 岁，壮实的庄稼汉

王秀英，32 岁，大春媳妇，精明能干的农村妇女

赵和平，32 岁，城里人，旅行社导游

[幕启。

[初春的小山村，满山遍野春意盎然。

[李大春在山坡地里垦荒整地，看得出他心烦气躁。

[幕后合唱：杨柳弯弯吐新芽，

妹妹娇嫩艳如花。

哥哥无心赏春光，

满腹疑云心愁煞。

李大春　（烦躁地扔下锄头，嗵地坐在地上，双手使劲地拍打着脑袋。顷儿又拾起锄头，但没锄几下，又愤然地把锄头扔在地上。他掏出怀中的信，想撕开信封，但又没撕，拿着信封，鼻子一阵发酸。）

（唱）见信儿，心里溜溜酸，

心有疑云万万千。

我出外打工整一年，
回到家里模样变。
秀英她，家里开起了农家乐，
与客人常来常往情感添。
嘻嘻哈哈无拘束，
哪里还像个庄稼园。

[王秀英提着竹篮和赵和平上。

赵和平　（唱）踏着小道上山坡，
沿途春色美如画。

王秀英　（唱）农家旅游来开发，
发家致富人人夸。

赵和平　（深深地吸了口气）呀！呼吸这么新鲜的空气，欣赏着这样如画的美景，实在是太美啦！

王秀英　我们山里的风景不错吧？

赵和平　真不错，自然，朴素，秀丽，真是美不胜收啊！

王秀英　明天，你的客人过来一定会满意的。

赵和平　是啊！

王秀英　我们走。

[俩人走到山坡地。

赵和平　咦，这里有把锄头。（拿起锄头）

李大春　（大声地）不许动！

王秀英　哦哟，死大春，喉咙咣响，把客人都吓坏了。

赵和平　没什么……大哥，能不能让我体验一下挖地的感觉？

李大春　吃饱了撑着啊，没事找事。

赵和平　你不懂，这叫回归大自然！

李大春　我是不懂，你懂？

赵和平　这位大哥是……

王秀英 他是我的——

李大春 隔壁邻居。

王秀英 大春，我来给你介绍一下，这是城里来的导游小赵，他一定要跟我上山学种菜，这些城里人哎，就喜欢吃我们自己种的蔬菜。小赵，让大哥教你选种。

赵和平 好啊！大哥，这里洗手间在什么地方，我方便一下，就来跟你学选种。

李大春 （没好气的）山里人随便尿。

赵和平 这……

王秀英 小赵，那边有个小茅房。

[赵和平下场。

王秀英 怎么啦，吃醋啦！哇哩——想不到一年不见，脾气都变坏了。

李大春 是啊，一切都变了！

（唱）你是明月我是星，
有星无月天不明。
如今星星难伴月，
只能孤独打单身。

王秀英 你真是春日里的石榴，满肚子的“坏点点”。

（唱）山里只有藤缠树，
世间哪有树缠藤？
如今赶上好政策，
勤劳同心满园春。

赵和平 （上场）说得好啊！大哥，现在教我选种吧。

李大春 （讥讽地）有的是人教，还用得着我教吗？

王秀英 不要理他，小赵，我来教你。

赵和平 好啊！

[秀英热情地教和平选种。

李大春 （见秀英教和平选种子的情景，心神不宁）

（唱）看他俩亲亲热热将种子选，
不由我满腔怒火烧心田。

难道说，我外出一年她情感变？
难道说，秀英她移情把他人恋？
我越看越像，越像越想我心越慌，
抖擞精神我大吼一声把胆量添。

（心里窝得慌，歇斯底里地）呀——

王秀英 大春，你发什么神经啊！

李大春 秀英，我来教他选种（教和平选种）。先抓一把吹一下，抖两抖再吹一下！（拿着种子对着赵和平的脸狠狠地吹了一口，把种子里的灰尘全吹在赵和平的脸上。

赵和平 （双手捂着眼睛）哎哟——

王秀英 小赵，你没事吧？

赵和平 噢，没有事……

王秀英 那边有山泉水，你去洗一洗吧。

赵和平 好的（下）。

王秀英 大春，你怎么能这样对待客人？

李大春 客人？什么狗屁客人！

王秀英 大春，你——

李大春 你们这哪里是在选种啊，倒像是在调情给我看。

王秀英 你说什么昏话啊！

李大春 昏话？我是昏了头啦，昏得头上戴绿帽子都不知道啦。

（唱）说什么经营农家游，
不就是找个机会耍风流。
和城里男人打情骂俏人轻浮，
想把绿帽子套上我的头。

王秀英 （唱）你凭空吹起三尺浪，
满嘴胡言口敢开。
木棍吹火不通气，

怎可以拨来乌云把天盖。

李大春，今天我们就把话说说清楚。

李大春 好啊，王秀英，我回到家里没歇个脚，你就花言巧语地把我支到这山坡地，你究竟安得是什么心啊？

王秀英 亏你还是个山坞里人，讲话都不打草稿啦。今天家里来了那么多的客人，让你帮忙你嫌烦，还在一边说风凉话，你不要面子，我还要面子哩。再说这山地里的蔬菜，不赶季节早点种下能行吗？

[赵和平上场。

李大春 赶季节……哼，说得好听，我看是嫌我碍事，赶我出门好留地方让你们约会吧。现在倒好，把城里男人都带到山上来了。

赵和平 大哥！你……你这是说哪里话来？

李大春 哪里话？淳安普通话！

王秀英 （激动）大春，你……你太过分了。

李大春 过分？你都红杏出墙了，还说我过分？当着我的面和城里男人勾勾搭搭，亲亲热热的，你算什么意思？

王秀英 你说什么意思？人家大老远地给我们带客人来，我能不热情对人家吗？

李大春 哼，别捂着眼睛说瞎话。（拿出信）这封信不会也是他写的吧！

赵和平 咦！这信怎么会在你这儿，这可是我写给大姐的信啊。（将信拿回交给秀英）

李大春 （气愤极了）好啦，不要大姐大姐的，叫得我汗毛凛凛。

赵和平 大哥，你这话是怎么讲的，我与大姐的事和你有什么关系？

李大春 当然有关系。

赵和平 这位大哥好生无理啊，她是你什么人啊，用得着你吃醋管她啊！真不讲理。

李大春 （气愤地）她是我什么人，你管不着！你是她什么人，今天非要讲讲清楚，不然对你不客气！

赵和平 我跟她什么关系你管不着！

李大春 我管不着？好哇！你勾引良家妇女，今天不教训教训你，我就不是这山坞里的人。

［和平和大春争吵着并动起了手，秀英忙在一旁劝架。

王秀英 不要打了……你们不要打了……他是我老公！

赵和平 （听到这话立即放开手）啊！大水冲了龙王庙了，你们原来是一家啊！大哥，实在对不起。

李大春 （气愤地）走开。

王秀英 李大春呀李大春，我看你做人是做到头啦！

（唱）你无事生非起猜疑，

平白无故伤我心。

口吐秽言实难闻，

你枉为朴实的山里人。

一年来你外出打工少音信，

一年来我孝敬公婆侍双亲。

一年来你没挣一分回家门，

一年来我起早贪黑把家撑。

为了发家把小康奔，

我想方设法动脑筋。

家中开发农家游，

我从早忙到半夜深。

人家的老婆有人爱有人疼，

我却做牛做马活寡身。

你摸着胸口问一问，

我哪点对不住你李大春。

（白）你好好看看这封信吧！

李大春 （急促地看信）王秀英同志，本月 18 日我旅行社有 20 名游客来你家体验农家生活，望安排好食宿。有时间我会提前过来，和你具体协商农家游项目。赵和平，这——你就是赵和平？

赵和平 是啊，我就是赵和平。

李大春 我……唉！我真浑啊！

赵和平 大哥，现在明白了吧！

（唱）大姐她，任劳任怨把家撑，
你却是，猜疑忌妒伤她心。
男人的心胸要放宽些，
夫妻互信才能同心向前奔。

李大春 秀英，我……我错怪你啦，秀英！

（唱）都怪我一时糊涂少思忖，
无端猜疑伤了你的心。
一年来我一心只想把钱挣，
却不想，城里并不是遍地金。
细思忖，犁田耕地我手艺精，
何必弃家别妻城里混。
一年来你独自操劳伺双亲，
经营农家游把小康奔。
我却疑神疑鬼不放心，
扪心自问我对不起你王秀英。

王秀英 你说完啦？

李大春 说完了。

王秀英 说完了，你就走吧。

李大春 我……我走到哪里去啊？

王秀英 哪里凉快嘛到哪里去呀！

李大春 啊哟秀英哎，我在外面打工一点都不凉快，还是家里凉快！

王秀英 死大春！

赵和平 大姐，他也是一时糊涂，你就原谅他吧！

王秀英 我命苦，这辈子啊心里只留得下你！

李大春 （兴奋地抱起秀英）你真是我的好秀英！

王秀英 快放下我……快放下我……再说你心里没有我，能有这么大的醋劲吗！

赵和平 大哥，以后吃醋不要大口大口地吃啊！

李大春 你……你懂什么，男人吃醋就是爱老婆！

赵和平 对……大哥，你教我种菜吧，明天游客来了，我就可以当老师啦！

李大春 好啊，我教你种起来嘞！

[幕后合唱：春光春意满山坡，
哥哥锄地妹播种。
辛勤汗水孕沃土，
幸福花开乐融融。

[在欢快的合唱声中，大春、秀英、和平愉快地播着菜种。

[剧终。

本戏获得2007年浙江省“群星奖”小戏会演编剧金奖、表演银奖。

满月酒

时　间　秋天

地　点　何主任家院子

人　物　张　开，长年在外打工的农民，40 岁

张　妻，张开妻子，跟随丈夫长年在外打工，35 岁

何主任，村主任，50 岁

何　妻，主任妻子，46 岁

[幕启。

[何主任家院子，有石桌、石椅。

[幕后合唱：山连着山林连着林，

林中山村和谐安宁。

清新山风也有烟尘，

和谐山村也会闹心。

[合唱声中张开被妻子揪着耳朵上。

张　开　哎哟……你轻点……痛死我了……

张　妻　我让你不听，叫你不来，你偏偏要来……

张　开　老婆哎，主任请我们去喝满月酒，说明主任高看我们。

张　妻　我看你是脑子长到脚后跟上去了。你问问大家，有谁喝过小猪的满

月酒。（对观众）你们喝过小猪的满月酒吗？你喝过吗？

张　开　（紧张地）你轻点，让主任听到了……

张　妻　听到又怎么啦，哼！"东风吹，战鼓擂，现在世界上究竟谁怕谁啊！"（对观众）你们说说，这主任有那么大个养猪场，还这么贪心，让我们包六百块的红包去喝他小猪的满月酒，这还有天理吗？

张　开　不管怎么说，请我们喝酒总是好事。

张　妻　好你个头啊。

（唱）稀奇的事儿年年有，
小猪也摆满月酒。
主任心黑脸皮厚，
挖空心思把礼金收。

张　开　你小声点，让人听到不好。老婆哎！

（唱）小猪设宴是稀奇，
但主任的佛面不能撕。
再说主任从前一向不为己，
他不会为利而忘义。

张　妻　以前不是，不等于现在不是。现在这世道有哪样事情离得开钱？老公哎！

（唱）你离乡背井去赚钱，
一年剩不了几个钱。
在城里哪天也离不开钱，
没钱你就玩不转。
吃饭要花钱，
穿衣要花钱，
住房要花钱，
交通要花钱，
去个厕所要花钱，

（白）要是倒霉呀，

吐口唾沫也要花钱。

头痛脑热要花钱，

（白）就是回家吧，

买张坐票也要多加钱！

主任他不顾一切去抓钱，

不择手段刮百姓的钱，

昧着良心来要钱，

没想到主任变得这样贪！

老公呵，你赚的是血汗钱，

这样拿出去我心不甘。

张　开　我还是不相信主任会变得这么贪财。

张　妻　还不相信，（抬起张拿着红包的手）这不明摆着吗！

张　开　这……

张　妻　我们不能吃这眼前亏，走，跟我回家。

张　开　这……我觉得还是不能回去。

张　妻　为什么？

张　开　老婆，你不是想自己办个像主任家那样的养猪场吗？

张　妻　亏你还记得这事，你知道办个养猪场要多少钱吗？要批地、建房、办手续、进种猪……

（唱）批地要花钱，

建房要花钱，

办手续要花钱，

进种猪要花钱，

进饲料也要花钱，

办猪场哪里都要钱。

张　开　老婆，你真是个明白人。

（唱）你说的批场地，

办猪场，

办手续，

买种猪，

哪一样不是主任管？

没钱过不了每一关。

村主任虽然官不大，

一扬手就能遮住天。

老婆你头发长来见识短，

做事情不能只看眼前。

（白）所以嘛，我们绝对不能得罪主任，你前面说的这些事，有哪一件不求着主任的？

张　妻　这……

张　开　再说了，不就六百块钱吗！

张　妻　六百块钱，你说得轻巧，我们在外打工赚点钱容易吗？

张　开　是不容易，但钱赚来不就是拿来花的吗？别说主任家里有事情，就是没事情，找个理由，也要把钱送出去。

张　妻　送你个头啊，我告诉你，你今天要是敢迈进主任家一步，我就跟你没完。

张　开　（为难地）又不讲理了不是。

张　妻　（厉声地）还愣着干吗，（揪着张的耳朵）跟我回家。

张　开　（痛得大叫）哎哟……

[何主任上场。

何主任　（玩笑地）哟，教育孩子哩！

张　妻　（松开揪张耳朵的手）有些人三天不打，上房揭瓦。

张　开　（忙讨好地）何主任，我是来……（张妻大声咳嗽）来……

何主任　来喝我家小猪的满月酒吧，快进院。

[张欲进，张妻狠狠瞪了张一眼，张立即退回。

张　妻　主任哎！

（唱）主任美意心感激，

可惜有事要告辞。

[张妻欲拉张离开，张不愿意。

张　开　（唱）主任邀请是情义，

肯定捧场沾喜气。

何主任　（唱）乡里乡亲别客气，

你我相聚不容易。

[何主任热情地拉着张开进院子，张妻很无奈地跟进。

[何妻端着酒菜上场。

何　妻　（热情地）你们来了，坐……你们坐啊！

（唱）长年在外难相见，

今日相聚是喜事。

何主任　是啊，难得坐在一起。

张　开　嘿嘿……何主任，这是我们六百块的红包，祝小猪健康成长，长命百岁。

张　妻　（讥讽地）哟——猪能长命百岁，那主任不是养了一窝妖精啊。

何主任　哈……妖不妖精都没关系，反正这红包我是收下了。（把红包放口袋，对张）我先带你看看我的养猪场，还有今天刚满月的几只小花种猪。

张　妻　那是要看的，不然今天喝了谁的满月酒都不知道哩。

[何主任拉着张开下。

何　妻　弟妹，你先坐一会儿，我再去烧两个菜来。

[何妻下。

张　妻　（看他们都下了，义愤填膺地）大家看看，哪有这么厚颜无耻的村主任，今天给他们的小花猪过满月，说不定明天又要给他们的老母鸡过大寿哩，真是腐败得没边了。

（唱）主任心黑脸皮厚，
米糠里面来榨油。
一元一角都是血和汗，
他蚊子腿上来刮肉。
满腔怒火我义愤起，
强权之下我不低头。

[张妻愤怒地举起石桌上的酒瓶……

何　妻　（端着两盘菜上场）哟，弟妹啊，你这是干吗，敢情你还能拿着酒对瓶吹啊。

张　妻　（嘲讽地）这么贵的酒，哪个吹得起啊？
（唱）这酒就像百姓的血，
浸透着多少汗水和悲喜。

何　妻　（唱）弟妹说话真有趣，
说酒是血是奇闻。

张　妻　说这酒是血就是奇闻了，做那些见不得人的事才真正是奇闻哪。

何　妻　（摸不着头脑）做什么奇闻的事啦？

张　妻　就是上流社会的人，喜欢做点下流的事。

何　妻　做点下流的事？

张　妻　是啊，主任大人当然是上流社会的人噢。

何　妻　（若有所悟）你的意思是我们做了什么见不得人的事啦？

张　妻　你说的没错。
（唱）欺负百姓你们利欲熏心，
借猪设宴还不是天下奇闻？

何　妻　（唱）你说话无理太伤人，
怎可信口开河把人损。
（白）你说说灵清，
（唱）究竟谁欺负了百姓，

又是谁利欲熏心？

张　妻　这还用说吗，打着满月酒的幌子来敛财，真是恬不知耻。我看这世上，没有比你们做得更缺德的事了。

何　妻　（气愤地）谁做缺德的事了，我们好心好意请你们来，倒是请出毛病来了，晓得这样，我烧这么多菜还不如喂狗哩。

张　妻　谁是狗，你给我说说清楚，要不然，我对你不客气。

何　妻　你吓唬谁啊，像你这样恩将仇报的，还不如狗哩。

张　妻　你才是狗哪。

何　妻　你才是狗哪。

[何妻和张妻相互争吵，谩骂。

[听到吵闹声，何主任和张开上场劝架，并各自拉开自己的妻子。

何主任　你俩干什么呀，刚才还好好的，怎么一会儿就你死我活的啦！

何　妻　（恼怒地）你问她！

张　妻　还用问吗？你们昧着良心干着缺德的事，还不让人说吗？

何主任　（不解地）我们昧着良心干了什么缺德的事了？

张　妻　什么缺德事，你们今天喝小猪的满月酒，明天是不是还要给你们的老母鸡过大寿啊！

张　开　你在胡说什么啊，主任好心好意请我们来……

张　妻　来喝酒是吧，你是前世没喝过酒啊，我让你喝。

[张妻气愤地将石桌上的酒菜扫到地上。

张　开　你——（气愤地举起巴掌欲打妻子……）唉！你……你真糊涂啊！

（唱）你我打工在外乡，
好像那打食的燕子四季忙，
扔下了孩子没人管，
不能尽孝养爹娘，
家里的院子长野草，
承包的田地也抛荒。

主任他看在眼里急心上，
决心帮我家奔小康。
（白）主任他！
知我有意回乡把猪养，
主任他暗地里来帮忙。
为选猪场他跑前跑后，
我家的事他亲自挑大梁。
今日邀请要把养猪的经验讲，
还赠送一对种猪帮了大忙。
不明事理你千错万错，
一意孤行你实在太荒唐。

（将一个文件袋交给妻子）你看看吧，这是替我们代办的养猪场的土地使用手续，就等我们签字确认。主任要的六百块红包，其实就是替我们进了六只优质淳安小花种猪！

张　妻　（捧着文件袋，既愧疚又感慨）这……
（唱）手捧文件心颤抖，
百感交集涌心头。
万重山没有我的惭悔重，
千岛湖水也难洗我满面羞。
（白）主任啊！
（唱）我不该望风捕影无中生有，
我不该乱打乱骂如同蛮牛，
我不该将好心当成驴肝肺，
我不该怀疑主任到处揩油。
如今我千言万语如梗骨在喉，
说出的话覆水难收。
主任您大人有大量高抬贵手，

原谅我这不识好歹的倔刺头。

何主任 误会，误会，这是一场天大的误会，弟妹啊！

（唱）原谅我没请示汇报，

才误会这小猪满月酒。

张 开 请示汇报？！

张 妻 向我们请示汇报，主任你？

何主任 说笑了，说笑了。

（唱）也怪我办事莽撞没有思前想后，

也怪我办事想得不周，

现如今消除误会皆大欢喜，

好日子今年更上一层楼。

何 妻 唉，可惜我炒的这几个拿手菜了。

[收拾地下的碗碟。

张 妻 （诚恳地）嫂子！

（唱）弟妹我恩将仇报真不是人，

弟妹我疯狗乱咬了吕洞宾。

张 开 怕是要得了狂犬病了。

[众笑，只有张妻没笑。

张 妻 （唱）嫂子你不看僧面看佛面，

原谅我这鲁莽的糊涂人。

[何妻不搭理。

何主任 杀人不过头点地，人家都道歉了，你还要怎么样？莫非要行使主任太太的权力？

[何妻仍不理。

何主任 太太，你下令，我立刻把弟妹杀了给你解气。

[何妻终于忍不住笑了。

何 妻 （无可奈何地）唉！

（唱）我不是得理不饶人，
只是你不解好人心。
为你家的事他忙里忙外，
为你家的事他操碎了心。

何主任 操什么心呀，那是本主任职责所在，身在其位，理所当然。好了，事情说清楚了，问题也解决了，接下来我们一起干一杯小花猪的满月酒吧！

众 好——哈……

[众举杯斟酒，干杯。

[幕后合唱：一杯满月酒温暖人，
解开了心结交了心。
和好如初亲如兄弟，
干群今后一条心。
致富路上手携手，
共同建设新农村。

[剧终。

本戏获得 2012 年浙江省新农村建设题材小戏会演创作银奖、表演金奖。

旧梦重圆

时 间 秋天

地 点 河西村文化活动中心。

人 物 春狗，男，48 岁，活动中心主任

菊花，女，42 岁，春狗媳妇

何婶，女，68 岁，河西村村民

[幕启。

[河西村文化活动中心。左边墙上贴着选拔演员启示，右边墙上贴着“加强农村文化建设，繁荣村级文化生活”的标语。

[幕后合唱：春风吹暖小山村，
莺歌燕舞处处新。
如今生活节节升，
精神富裕才能往前奔。

[合唱声中春狗拿着锄头等道具上场。

春 狗 （唱）乡镇文艺要会演，
选定了，《南山种麦》去摘金夺银。
只可惜，年轻人不爱唱戏文，
到现在，排练演员却难寻。

眼看着，比赛时间已临近，

总不能，台上折腾我一人。

唉！难啊难，无可奈何的难！这几天为了选演员，我是伤透了脑筋。这个年轻人只会“嗨——哈啊周杰伦”，对这个睦剧是一点也不感兴趣，可感兴趣的嘛，又没有一个能上台面的。唉，到现在，这个演王秀英的女演员还是“黑里摸白——没着落”，真是急死人了。

[菊花和何婶上场。

菊　花
何　婶　（唱）文化中心选演员，

要到县里去参演。

匆匆来到中心前，

为圆旧梦来参选。

菊　花　（大声地）老公——
何　婶　　　　　　春狗——

春　狗　唉，老婆！（见何婶）哟，何婶也来了啊。

何　婶　怎么，我不能来啊？

春　狗　能来，能来。

菊　花　（嗔怪地）春狗哎，你排演《南山种麦》选演员，也不跟我说一声，是不是自家屋里的饭菜不香，别人碗里的香啊？

春　狗　瞎七瞎八！（把菊花拉到一边）我都愁死了，你还来凑什么热闹。

菊　花　哪个有空来凑热闹，我是来帮你的！我看你啊——

（唱）为选演员犯了愁，

茶饭难以下咽喉。

我看在眼里急心头，

出手帮你解忧愁。

春　狗　帮我，怎么帮？难道你来演王秀英？开玩笑！

菊　花　我就是来演王秀英的。

春　狗
何　婶　（惊愕）什么，你演王秀英？

菊　花　不行啊？

春　狗　（摇头）你会唱戏，太阳不落西！

何　婶　是啊，你以为演戏像三个手指摸田螺这么容易啊？

菊　花　（自信地）容不容易演来看！

何　婶　（把春狗拉到一边，讨好地）春狗，你老婆成天围着锅台转，洗洗锅碗瓢盆还可以，这演戏肯定不行，只有我老将出马，才能马到成功，王秀英这个角色让我来演，你一定不会失望。

春　狗　何婶，你没有开玩笑吧？

何　婶　谁跟你开玩笑。

菊　花　何婶，你歇歇算了，这么大年纪，演王秀英的娘还差不多。

何　婶　（生气地）年纪大怎么啦？佘太君八十六岁还挂帅呢。

菊　花　可你不是佘太君啊，看你满脸皱纹像包子，上台也不好看啊！

何　婶　皱纹怎么啦，这是成熟的标志，我这一条山沟沟就是一本戏。

春　狗　（忙圆场）好了，你们俩哪里凉快去哪里吧，我都烦死了。这演戏是一门艺术，不是挖地种庄稼，这是要有基本功的。

何　婶　我基本功好得很……

菊　花　（抢着说）我也不差，老公——

（唱）从小我就爱文艺，

唱歌跳舞都欢喜。

当年在校常演戏，

不信你就试一试。

春　狗　哎哟喂，那是你穿开裆裤的时候玩玩的，后来就没有听你唱过，不可能！

菊　花　（心急）那是你有眼不识“金刚刺”！

何　婶　金镶玉！

菊　花　（嗔怒地）管他“刺”啊“玉”的，到底要不要我帮你？

春　狗　要帮，要帮！你把后勤工作搞搞好就行了，添什么乱。

何　婶　（附和地）就是嘛。春狗哎——

（唱）当年公社大会演，

何婶我是台柱子。

唱做念打满身戏，

保你用我称心意。

春　狗　何婶！

（唱）陈年话题别再提，

半个世纪时过迁。

老皇历怎能摆台面，

跟不上形势休要言！

何　婶　（唱）你鼠目寸光见识浅，

不懂艺术瞎胡言。

老酒越陈越香甜，

老姜越辣味越鲜！

（白）我演戏的时候，你父母还没有找对象哩。

[即兴表演《南山种麦》。

[菊花大笑，春狗会心地笑。

何　婶　（得意地）有什么好笑的，（比画动作）这叫艺术，懂吗？

春　狗　是——何婶，这叫艺术！

何　婶　到底是主任识货，这个王秀英我是演定了！

春　狗　（为难地）这……这恐怕不行。

何　婶　（顿时生气，一把拧住春狗的耳朵拖到一边）好你个春狗，竟敢戏弄我，我让你春狗变死狗，到底行不行！

春　狗　（痛）哎哟——（无可奈何）行……

何　婶　（开心地）这还差不多！

[菊花见春狗把王秀英一角让给何婶演，心急如焚，非常生气地拧着春狗的耳朵，把他拖到一边。

春　狗　哎哟——你们把我的头当猪头拎啊。

菊　花　（非常生气）好你个死狗，你想不想做我的春狗啦。

春　狗　（双手护着耳朵，痛糊涂）做你的狗，做你的狗。

[何婶大笑。

菊　花　那你就好好跟我说，让不让我来演王秀英？

春　狗　（疼痛难忍）好好好——你来演！

何　婶　哎呀呸！你真是“吃了灯草灰——放轻巧屁”。是不是不想做春狗啦？

春　狗　哎唷，我的好婶婶哎，我这耳朵可不是兔耳朵，吃不消你再拎了。我看这样吧，我们就来个现场比拼，是骡子是马都拉出来遛遛。我一定选贤不避亲——（见何婶不高兴，忙讨好地）选贤也不避你好婶婶啊！

何　婶　公平竞争，有你这句话就好。那我就不客气，先来了。

春　狗　好！我给你伴奏。

[何婶伴着春狗的鼓点表演身段，她动作协调，滑稽有趣，但明显体力不支，一会儿就气喘吁吁。

何　婶　唉！上气不接下气，中间要断气了。这么多年不练手脚都铁铁硬，看来这佘太君我是做不成了……

春　狗　（脱口而出）是啊，手脚铁硬，跳起来像动画片里的老巫婆……（突然意识到失言，马上改口）可功夫还是了得的！

菊　花　何婶，服老了吧？

何　婶　（没好气的）去！（回忆）唉，想当年，我被公社文宣队推荐到县里参加专业培训……

菊　花　怪不得，你还真有两下子。

何　婶　（有点沮丧地）不行了，我是“老旦戴花——花头不起”啦！

菊　花　现在轮到我了。

春　狗　算了——我看你还是把屋里的事情弄弄好，这演戏你是肯定不行的。

菊　花　你不要门缝里瞧人！

春　狗　我们在一起都二十年了，你有几斤几两我还不晓得，再说这么多年了，我什么时候听你唱过戏？

菊　花　（思绪万千）你真是站着说话不腰痛，这么多年来，我为了这个家终日操劳，能有空闲唱戏吗？

（唱）当年嫁到你屋里，
为糊口，从早到晚忙生计。
里里外外操心思，
忙忙碌碌没歇气。
上要孝敬公和婆，
下要照顾儿和女。
闲来砍柴在山里，
哪有空闲来唱戏。

春　狗　（唱）这些年让你心操碎，
我春狗真是愧对你。

菊　花　（唱）自从走上致富路，
生活富足求品质。
久埋的旧梦想重圆，
草木逢春枯树也要发新枝。

春　狗　那好！你就来试试看。

菊　花　（真要来又有点手脚无措）这……

何　婶　不要慌，要把穿开裆裤时期的艺术捡回来，不是那么轻松的，顺顺气，慢慢来。

菊　花　（深吸一口气，边唱边舞）

“正月是新年，呀子衣呼呀，
夫妻双双去拜年，去看灯……”

[菊花唱腔优美，动作和谐，春狗情不自禁地接唱，并很投入地舞动起来，二人配合默契，边唱边舞。何婶也兴奋地为他们敲起锣鼓点。

[菊花见春狗很投入，不好意思地停了下来。

春　狗　你怎么停下来了，我刚刚找到感觉！

菊　花　我还行吗？

春　狗　（兴奋地）太行啦！

何　婶　（高兴地）我说菊花哎，童子功厉害哎，眼睛一眨，老母鸡变成凤凰啦！

菊　花　（不好意思地）何婶，你不要取笑我。

春　狗　老婆哎，我跟你睡在一起都二十年了，你怎么从来就没有露过一手啊！

菊　花　（嗔怪地）这要问你啊！

春　狗　噢，这都怪我，怪我！

菊　花　老公，这王秀英我能演吗？

何　婶　当然能演，这么好的搭档到哪里去找噢！

菊　花　何婶，你不与我争了？

何　婶　唉，我是“老牛耕田——赶不上趟”了。

春　狗　何婶，今后你就做我们活动中心的艺术教练，给村里的男男女女都培训培训，让全村的人都开开心心地唱起来，跳起来！

何　婶　那我不是有事情做了，要忙煞啦！

春　狗
菊　花　你不愿意吗？

何　婶　（兴奋地）越忙越高兴！

[三人相视大笑。

何　婶　春狗，你们的《南山种麦》现在就可以排起来了。

春　狗
菊　花　好嘞？那就排起来哟！

[音乐起。

（唱）正月是新年，呀子衣呼呀，

夫妻双双去拜年啦，去看灯呀，

去拜新年啦，看灯那呼嗨，

哎嗨呀子衣呼呀，呀儿呀，

要把麦子来种哪呼嗨，

…… ……

[春狗、菊花边唱边舞。何婶情不自禁地跟着舞动起来。

[剧终。

本戏 2008 年获得浙江省小戏征文一等奖；

浙江省新农村建设题材小戏会演表演金奖。

一诺千金

时　间　秋天

地　点　服装店

人　物　媳妇，35 岁，来自农村的顾客

老板，28 岁，服装店老板

春花，23 岁，服装店员工

秋月，24 岁，服装店员工

[幕启。

[闹市区一服装店内。

[幕后合唱：淘宝网购真强势，

冲击太大老板急。

服装小店难盈利，

挖空心思想主意。

[合唱声中老板指挥着春花、秋月忙碌地摆设、整理服装。

老　板　（发现几件服装的商标没换，生气地）这是怎么回事？是谁忘了换商标了？

春　花　（怯懦地）是……是我，换……换假商标不太好吧……要是被查到了……

老　板　你怎么这么多废话啊，真是个榆木脑袋！

（唱）看你长得蛮水灵，
怎就无脑笨如驴。
现在生意多难做，
不想办法能盈利？
再要不听瞎言词，
立马走人另找事。

秋　月　（讨好地）姐，你别生气，她只是一时糊涂。（对春）春花，我们打工的不能自作主张，要听老板的，怎么能惹老板生气呢？

春　花　这……

老　板　还是秋月懂事！（耐心地）现在淘宝网购的冲击实在太大，如果不想点办法只能关门歇业。我让你们贴上名牌标签，就是为了赚个差价盈点利。再说这商标做得跟真的一模一样，谁看得出是真是假啊？

春　花　我知道名牌价钱高，可是……

秋　月　别可是了，我们要听老板的。

春　花　（很不情愿地）好吧。

[春花和秋月给服装换商标。

[媳妇兴冲冲地上场。

媳　妇　（唱）心有喜事步履疾，
转眼来到闹市区。
繁华街市人煦煦，
左顾右盼看仔细。
这边有爿服装店，
进店我把新衣试。

[媳妇站在店门前张望。

春　花
秋　月　（忙迎上前）欢迎光临！

媳　妇　我想……我想买两件衣服。

秋　月　噢——快请进，快请进！

老　板　（热情地）大姐，你买衣服进我们店里就进对啦！你看看我们店里的服装……（回头瞪春花、秋月一眼，示意她们接待）

春　花　对对……你看我们店里的服装，样式新颖，价格实惠……（见老板皱起眉头，忙住口。）

秋　月　大姐你看，我们店都是名牌女装，款式新颖、时尚……

媳　妇　那服装的价格……

老　板　大姐，价格好商量，好商量。

春　花　对对对，好商量。你看我们的服装都是从服装市场进的货……

老　板　（忙打断）我们进的服装都是名牌，货真价实的名牌女装。你看啦——（拿起一件女装）

（唱）江南布衣品牌好，
浪漫沉稳又雅致。
你这身材好气质，
穿上新衣更美丽。

秋　月　你看这一件——

（唱）时尚女装欧时力，
高雅成熟又淑女。
这件颜色也合适，
包你穿上赛西施。

春　花　你再看看这一件——

（唱）经典大气又时尚，
上等面料很精致。
穿上这件显贵气，
这件品牌叫……

老　板　叫“玫姿”。

春　花　对……

（接唱）这件品牌叫玫姿。

[老板和春花、秋月帮媳妇挑选服装，媳妇挑中一件穿上，秋月忙推来试衣镜，媳妇对着镜子仔细端详。

媳　妇　（唱）多年未穿新衣裳，

今日穿上心欢喜。

仔细端详心绪凄，

镜中自己光彩失。

面色憔悴无生气，

不由自己暗怜惜。

秋　月　（讨好地）这件衣服穿在你身上多合身啊，就像是为你定做的。

春　花　是啊，你穿上真漂亮！

老　板　是啊是啊，这颜色多衬肤色，你穿上了起码年轻十岁。

媳　妇　（羞涩地）哪会啊。这件衣服多少钱？

春　花　不贵，不贵，这件衣服不是什么……

老　板　（打断）不是很贵，就 690 块钱。

媳　妇　这么贵啊！

老　板　不贵，这可是知名女装品牌，不贵的。

秋　月　（讨好老板地）对对，不贵的，你穿上这件衣服既漂亮又好看，你老公看了一定喜欢。

媳　妇　（脱下衣服）我是想穿给婆婆看的。

老　板　穿给婆婆看？

春　花
秋　月　是吗？

媳　妇　是啊！我婆婆眼睛手术后今天下午拆线，（高兴地）拆完线就能看见了，她还从来没有真正看过我呢。

老　板　你婆婆眼睛怎么啦？

媳　妇　唉！我婆婆得了原发性青光眼十几年了，一直没治好。这次来到省城的大医院终于治好了。

秋　月　怪不得你要来买新衣服，你是想要穿得漂漂亮亮的，让婆婆睁开眼睛看到的是个漂亮媳妇，第一印象很重要哦！

媳　妇　（激动地）哎呀，你这妹妹啊，你怎么就知道我咋想的？说实话我就是这个心思！

老　板　（感慨地）你这个媳妇真好，心里想的都这么阳光！

媳　妇　哪里啊。

春　花　你真是个好媳妇！

秋　月　是啊！

媳　妇　（拿起衣服又不舍地放下）这件衣服好是好，可是太贵了。

春　花　是太贵了，这件衣服……（被老板瞪她一眼赶紧改口）不贵，名牌女装都这么贵的。

老　板　这件衣服虽然贵点，但你穿上既合身又好看！这样吧，我便宜 100 块钱，就 590 块卖给你啦！

媳　妇　（咬咬牙）算了，我就不买啦。

春　花　（失望地）怎么又不买啊。

秋　月　（赶紧换一件）那就看看这一件吧，这件也很适合你。

媳　妇　我就算了，你还是给我婆婆挑一件吧。

老　板　给你婆婆挑一件？

媳　妇　是啊！我婆婆眼睛瞎了十几年，也苦了十几年，今天她终于能看见了！我要让她穿上漂亮的新衣服，高高兴兴地回家。

老　板　你婆婆多大，个子有多高？

媳　妇　我婆婆呀——

（唱）不高不低一米六，

背不驼来腰也直。

身材匀称好身体，

今年刚好整六十。

春　花
秋　月　（唱）这样说来也省事，

我看这件挺合适。

[秋月、春花各挑了一件衣服递给媳妇。

媳　妇　（拿着两件新衣左看右试）嗯，这件应该刚好。

老　板　这件颜色也好，适合老年人穿，你婆婆穿上一定好看。

媳　妇　嗯嗯，是不错，这件我要了。

秋　月　（讨好老板地）这是名牌，价格比较贵。

媳　妇　没关系，贵点没关系，要多少钱？

春　花　这也不是什么名牌，价格也……

[秋月忙阻止春花往下说……

老　板　（狠狠地瞪了春花一眼）价格也不贵，就 480 元！

媳　妇　（犹豫片刻）行——（从衣服里掏出钱，又从布包里拿出些钱，一起递给秋月），给，你数数。

[秋月接过钱递给老板。

老　板　（高兴地）大姐，你真是个好媳妇，给婆婆买衣服连眼睛都不眨一下。

春　花　是啊，你真是个好媳妇！

媳　妇　你们过奖啦！

秋　月　你老公真有福气！

春　花　是啊，你老公福气真好！

媳　妇　（轻轻地叹了口气）可惜——他已经不在啦！

秋　月　（轻轻地）不在啦？

老　板　（惊讶地）你老公他……

媳　妇　（轻轻地点点头）他死了……我嫁给他的第二年就死了！

老　板　大姐，这是怎么回事？

春　花
秋　月　是啊，怎么回事？

媳　妇　唉——

（唱）提起此事心悲凄，
不由自主双眼湿。
老公本分人和气，
夫妻恩爱甜如蜜。
谁想命运将我戏，
结婚二年夫归西。
丈夫临走托一事，
望把婆婆眼睛治。

（轻轻地）我知道，老公他最大的心愿就是治好婆婆的眼睛。这些年，虽然日子过得很艰难，但我相信婆婆的眼睛一定能治好。

老　板　结婚第二年老公就走了，你也没改嫁？

春　花　是啊，你这么年轻漂亮，干吗不另找个婆家，何苦受这份罪啊。

秋　月　就是，要是我肯定不背这个包袱，早嫁人了。

媳　妇　做人要讲信用，不讲信用还是人吗？我答应老公要治好婆婆的眼睛，我就是死也要做到！

（唱）讲信用，一口唾沫一个坑，
不违心，苦点累点心不虚。
这些年，为治眼疾奔各地，
虽辛苦，治好眼睛啥都值。
了心愿，我让老公没遗憾，
在九泉，他会欣慰和欢喜。
做人做事要讲究个诚信良知，
为人为媳要对得起良心天地。

老　板　大姐，你真不容易啊！

春　花　是啊，为了一句话，就这么苦苦地过着……

秋　月　要是我肯定做不到。

媳　妇　这些年我带着婆婆跑了很多地方，看了很多医生……其中的苦……

哎——今天我婆婆的眼睛终于能看见了！（笑的同时却泪如雨下。）

老　板　（唱）你看她，一诺千金守信义，

面对她，羞惭满面心里虚。

为小利，假冒名牌昧良心，

不应该，失信于人太自私。

从今后，诚实本分做生意，

也像她，诚实守信有情义。

（走过去把钱塞进媳妇的衣兜里）大姐，这件衣服我送你啦，不要钱！

媳　妇　（感激地）谢谢您！（从衣兜里掏出钱来，慢慢地塞到老板的手里）老板，你得把钱收下，这是我该花的，为我婆婆花钱我舍得！

[媳妇拿着衣服下。

老　板　大姐！（双手捧着钱呆呆地站着，眼泪忍不住地流了下来。）

春　花　（见媳妇下，着急地）老板！

老　板　（顿时反应过来）大姐，这件衣服不是什么名牌，要不了这么多钱！

老　板
春　花
秋　月　大姐，你等等——

[三人一起追下。

[幕后伴唱：服装店里感人事，

贤德媳妇心如玉。

一诺千金守诚信，

春风化雨沐大地。

[剧终。

本戏获得 2016 年浙江省新农村建设题材小戏大赛银奖。

选　票

时　间　傍晚

地　点　李世安家

人　物　李世安，55 岁，湾头村主任

何菊花，51 岁，李世安妻子

李晓霞，26 岁，李世安女儿

[幕启。

[傍晚的农家小院，宁静而温馨。

[何菊花和李晓霞在忙碌地整理餐桌，摆放餐具。

何菊花　（不时地探望院外，焦虑地）这老头怎么到现在还不回来。

（唱）明天换届选主任，
竞聘候选有俩人。
为此老头心烦闷，
像霜打的茄子没了魂。
眼看天色已暗夜将临，
还不见世安他回家门。

李晓霞　妈，侬在做啥啦，老心神不宁的。

何菊花　女儿啊，这几天侬爸为了明天的选举，是吃不下睡不着，整天唉声叹气的，看着都让人心疼。

李晓霞 （不屑地）至于吗，不就选个村主任吗！

何菊花 侬给我记住了，明天不管怎么样，侬这一票都得投给你爸，也趁这个机会，缓和下和侬爸的关系。

李晓霞 那我要看明天两个候选人的竞选演讲，看谁的思路和规划对我村的发展有利，对我村的村民致富有利。更重要的是，对我村未来的发展有什么新举措，我保证不偏不倚，谁好我就投给谁。

何菊花 哎哟侬这介死丫头，我叫侬回来就是给你爸投票的，这样可以安慰安慰他，哪怕是明天选不上，他心里也高兴，也好缓和下和侬爸的关系。

李晓霞 （应付地）好……到时再说吧。

何菊花 侬啊——去看看锅里的红烧肉好了没？

李晓霞 是。（下）

李世安 （心事重重地上）唉！

（唱）当了两届村主任，
勤勤恳恳为村民。
明天换届要选举，
忐忑难安心不宁。
陈斌年轻有学问，
工作热情又勤奋。
和他竞争心没底，
万一落选脸丢尽。

［李世安进院门。

何菊花 （见李世安进门，忙迎上）回来了！

李世安 嗯。

何菊花 （神秘地）女儿回来了，她是特地回来给侬投票的。（对内）女儿，侬阿爸回来啦！

李晓霞 （端着一盘菜上）爸，侬回来了。

李世安 （爱理不理地）嗯！

何菊花　来……饭菜都凉了，赶紧吃饭。

李世安　你们吃吧，我没胃口。

何菊花　（埋怨地）侬啊——就别“竹板弓——一个劲”了，要想开点，明天选不选得上，别太当回事，都这么大年纪了，身体是第一位的。

李晓霞　是啊爸！侬都介大年纪了，体力精力都跟不上了，而陈斌年轻有为，就是选不上，也不倒霉。

李世安　（生气地）谁说我年纪大了，谁说我体力精力跟不上了？

何菊花　（忙打圆场）好……侬年纪不大，体力精力都旺盛！

李世安　当然不大，我才 55 岁，刚好可以再干一届。

李晓霞　（嘟囔）真是“老黄瓜刷绿漆——自以为嫩”。

李世安　侬嘟囔个啥？我看侬是“董卓进京——不怀好意”。

李晓霞　不是我不怀好意，而是爸爸侬不够有自知之明。

李世安　（生气地）侬——

李晓霞　爸！

（唱）新农村建设今非昔比，
有干劲还需创新意识。
现在都依靠网络信息，
推销农产品接轨都市。
陈斌有担当思路清晰，
他当主任会更加合适。

李世安　（气愤）真是胡说八道！

（唱）勤勤恳恳我干了两届，
村里变化是日新月异。
剿劣洁美和发展经济，
各项工作都踏踏实实。
村民心中自有一杆秤，
不信我会败选日落西。

李晓霞　爸，侬别自恋了，侬和陈斌谁更适合，村民心里都清楚。

李世安　当然清楚！为了村里的工作，我呕心沥血，兢兢业业。村里的环境变美了，经济发展了，村民的收入增加了，这些实实在在的变化，村民会看不到吗？

李晓霞　爸，这几年村里是有变化，但村里经济始终上不去，村民还是不富裕。再说村里的变化也离不开陈斌的贡献，他大学毕业来到我们村，任劳任怨，勤勤恳恳，侬哪一项工作离得开他？

李世安　这……他是有能力，工作也肯干……

李晓霞　不光肯干，还有他的新观念、新思路。三年前他就提出了引进外资，让村民入股，组建乡村旅游合作社，就因为侬反对而流产。现在侬看，这个计划不正好符合党的十九大提出的乡村振兴战略吗？

李世安　这……

李晓霞　阿爸！

（唱）建设文明的新家园，
生态宜居的新农村，
引路领头羊最要紧，
扪心自问侬能胜任？

李世安　哼！

（唱）不要门缝里看人低，
怎么就不能担重任？
陈斌有能力是年轻，
我年老骨硬树老根深。

李晓霞　阿爸，新老交替是自然规律，也是社会发展的必然。让年轻人来实现侬的梦想不是更好吗？再说侬因循守旧，观念落后，根本就跟不上时代的发展。

李世安　（怒）放侬的臭屁！我怎么就因循守旧、观念落后，跟不上时代的发展了？

何菊花　（见世安生气，忙安慰）世安，她就是“刘三姐对歌——随口一说”，侬别生气。（责备李晓霞）侬个死丫头，侬这不是“对着张飞骂刘备——找气惹”吗？

李晓霞 妈，我这是给他打打预防针！（嘟囔）省得他明天选不上想不开。

李世安 打什么预防针，侬这是在埋汰我！

何菊花 侬介两个人啊——

（唱）别一见面就打铜打铁，

有事商量别势不两立。

（白）女儿啊！

（唱）回来目的侬可别忘记，

顺着他才能缓和关系。

（安慰）世安啊，侬放心，明天选举，女儿这票肯定投给侬。

李世安 （余怒未消）谁稀罕她那一票。

李晓霞 （赌气）投不投侬还不一定哩。

李世安 （气极）侬——

何菊花 （忙把李晓霞拉到边上，告诫地）侬怎么就不听话啊，侬还想不想和侬那个他谈恋爱了？

李晓霞 当然想啊！

何菊花 想就听我的，趁这个机会多说说他的好话，多捧捧他。特别是侬这一票，只要投给侬爸，明天他当不当选，心里都会高兴，他这一高兴，侬俩的事情不就解决了。

李晓霞 妈——选举是庄严神圣的，是选民的真实意愿，不是拿来做交易的。

李世安 谁让侬拿来做交易了？侬想选谁是侬介自由，不过我要告诉侬，想让我同意侬和那个农村的谈对象，那是“瞎子穿针——没门”！

李晓霞 （气愤）侬……侬这是威胁，不讲理，野蛮，霸道！

何菊花 （急忙拦住）哎哟我的小祖宗哎，侬少说几句好不好？

李世安 我就野蛮了、霸道了，怎么啦？人家都想方设法往城里跑，侬倒好，偏偏回农村找个男朋友，我都觉得丢人！

何菊花 （忙劝阻）世安哎，侬就别生气了，女儿说的是气话，侬可别计较。

李晓霞 阿爸，我丢什么人了？侬和阿妈不也是农村人吗？我找个农村的有什么丢人的。

何菊花　（忙过来制止）我的小祖宗哎，侬就别惹你爸生气了。

李世安　不丢人吗？城里那么多优秀的男人不找，却找个农村的，在农村有什么出息？

李晓霞　爸，侬还是村干部呢，怎么思想观念这么落后。侬这样落后的观念，怎么去竞选村主任？

李世安　（气极）我观念落后……观念落后，我同样当了两届的村主任！

[父女俩争吵，何菊花两边来回劝解，见无法制止，伤心地坐地号啕大哭。

[见何菊花大哭，李世安和李晓霞忙一起安慰。

何菊花　侬介两个针尖对麦芒的，让我怎么办？侬介两个就可怜可怜我吧！

（唱）父女俩本该互爱相亲，
　　却势如水火相互较劲？
（白）女儿啊，常言道“女儿是爸的小棉袄”，可侬呢？唉！
（唱）小棉袄该温暖又贴心，
　　体谅关爱是女儿本分。
（白）世安啊，俗话说得好“牛老不耕田，人老不犁地”啊！
（唱）历任两届村主任，
　　呕心沥血为村民。
　　对得起天地和良心，
　　如今年龄不小黄昏近，
　　也该卸下担子养养生，
（白）世安啊！
（唱）急流勇退才是明白人。

李世安　（感慨地）菊花，侬讲的道理我都懂，但我就是心不甘啊！说心里话，我怕选不上丢脸，也怕选不上让乡亲们笑话，这……这压得我心里难受啊！（忍不住泪流满脸）可我真的好想再干一届，把村里一些该做没做的事给做了，把村里一些想干没干成的事给干起来……就三年，我就想要三年时间！

（伴唱）心窝里苦苦难言，
眼眶里泪泪难忍。
（唱）我疲惫不堪心难宁，
如乱麻一团窝在心。
说我官迷我不认，
只想干点实事为村民。
三年前，陈斌提出规划思路新，
我鼠目寸光求安稳，
耽误了时机好悔恨，
为弥补过失我舍得把命拼。
规划新蓝图筑巢把凤引，
土地流转让村民入股份。
只要齐心拧成一股绳，
定能实现梦想、村民致富、前程似锦。

李晓霞　（唱）听爸心声扪心问，
自觉愧对心不忍。
他为村民操碎心，
我却误解伤他心。
（白）爸，女儿明天这一票一定投给侬！
（唱）为侬加油和鼓劲，
当上主任为村民。

何菊花　世安，明天我也投给侬，好让侬带着我们全村人走向富裕。

李晓霞　对！

李世安　（感慨万千）不了，侬介两个还是投给陈斌吧，他是个好青年，有能力，有抱负，他比我强，他当主任我放心。

李晓霞　（激动地）爸！这么说侬也喜欢他！

李世安　当然！虽然心里憋屈，但我打心眼里佩服他、喜欢他！

李晓霞　爸，有侬这句话我就放心了！爸，明天让陈斌的一票也投给侬，让他再给侬好好当三年助手。

李世安　（惊讶地）陈斌的一票也投给我？他能听侬的！

李晓霞　（羞涩地）爸，其实……

何菊花　我替侬说吧，其实陈斌就是她的男朋友！

李世安　（惊愕）什么，陈斌是她男朋友？

何菊花　是啊，他们是大学同学。

李世安　（埋怨菊花）侬怎么不早说啊！

何菊花　像侬这样“长虫钻进竹筒——死不转弯”的主，谁敢跟侬说啊！

李晓霞　是啊，我哪敢说啊！一听说我找了个农村的，侬就一个劲地反对，我还敢说吗？

李世安　（生气地）敢情就瞒着我！

李晓霞　爸，对不起！侬放心吧，明天我们都投侬！

李世安　（感慨地）算了吧！唉——我也是硬着头皮死撑着，现在想通了，明天我们一家都把选票投给陈斌，今后我给他当顾问，协助他把我们村建设得更美好！

李晓霞　（激动地）爸！

李世安　女儿，去把陈斌请来。菊花，把那坛陈年老酒给我拿出来，我要和他好好喝一杯。

李晓霞
何菊花　（高兴地）好嘞！

[幕后合唱：春雨过后彩虹现，
杜鹃花开红艳艳。
乡村新事日日添，
日子越过越蜜甜。

[剧终。

本戏获得 2018 年浙江省新农村建设题材小戏大赛银奖。

拆　迁

时　间　傍晚

地　点　何春花墓前

人　物　李大兴　何春花　判官　鬼卒甲、乙

[幕启。

[夕阳西下，暮色低垂。

[绿荫中有座坟墓，李大兴在坟前细心地擦着墓碑。

[幕后合唱：魂牵梦萦相思念，
望眼欲穿难相见。
双眼模糊泪满脸，
音容依然在眼前。

李大兴　（唱）手擦墓碑心凄惨，
难忍心中泪涟涟。
多少回相见在梦间，
多少回思念在心田。
风风雨雨已过二十年，
不知你在那边是苦还是甜……

[李大兴在坟前坐下，靠着墓碑渐渐入睡……

[阴风起，天光暗，判官和鬼卒上。

判　官　手拿勾魂牌，捉那缺德人！小的们，随我捉拿李大兴！

鬼卒甲
鬼卒乙　遵命！

[鬼卒甲、乙捉拿李大兴。

李大兴　（唱）晕乎乎身不由己。
恍惚惚如风吹起。
举目望凶神恶煞是鬼魅，
霎时间心惊胆战魂魄离。
莫不是时运不济被鬼迷？
莫不是在阴间，我全身发抖起鸡皮。

鬼卒甲
鬼卒乙　快走！

李大兴　（恐惧地）请……请问鬼爷，你……你们……为什么要抓我？

判　官　善恶到头终有报，人间地狱都难逃。做了缺德事就会有报应，难道你自己心里没点数吗？

李大兴　我……我做了什么缺德事啦？

判　官　（愤怒地）你强拆人家的房，强搬人家的家，这还不缺德吗？

李大兴　（惊讶）我强拆人家的房，强搬人家的家？那我不成了强盗啦！不可能，绝对不可能。判官老爷，这一定是弄错了，我从来没干过这缺德事啊。

判　官　有没有干过，过堂一审便知。

李大兴　（吓得腿脚发软，瘫倒在地）什……什么，还要过……过堂？我……我不去，我……

判　官　这可由不得你，押着走！

鬼卒甲
鬼卒乙　是！

[鬼卒甲、乙架起李大兴，李大兴死活赖着不走。

李大兴　判官老爷，你……你不能这样是非不分，胡乱抓人啊！

判　官　休得多言，快走！

李大兴　你……你总该让我“背着棺材跳水——死个明白呀”！

判　官　行，那我就告诉你，有人告你啦。

李大兴　谁告我？

判　官　何春花。

李大兴　（惊愕）何春花——哪个何春花？

判　官　哪个何春花你还不清楚？还用我说吗？现在可以走了吧。

李大兴　你是说——是我去世二十年的老婆！她……她怎么可能告我，判官爷啊！

（唱）春花与我心相印，
　　夫唱妇随感情深。
　　她若告我实难信，
　　判官许我问灵清。

判　官　（厌烦地）你……你真是“麦糠擦屁股——够麻烦”！何春花在哪里？

何春花　来了。（从坟墓里飘出）

判　官　（唱）叫上春花来问询，
　　眼前可是诉告人？

何春花　（怒目而视）正是！

李大兴　（见到何春花悲喜交加，激动地）你……你是我的春花！

何春花　（仇恨地）哼！

李大兴　春花——

[李大兴上前欲抱，春花躲避，鬼卒忙上前阻止。

何春花　（咬牙切齿）李大兴，你……你这个“吃了乌炭——黑了良心”的负心人！

（唱）见到大兴满腔恨，
　　忘恩负义枉为人。
　　拆我房屋昧良心，
　　恣意妄为毁家门。

还望判官把冤伸，

还我公道惩恶人。

判　官　你放心，人间作恶，阴间必然严惩，谁也跑不掉。小的们，押着走！

［鬼卒上前押解，李大兴挣扎。

李大兴　判官爷，我是“六月飞雪——比窦娥还冤”啊！

何春花　哼，你冤枉？你若冤枉，阴间就没有冤魂！（上前抓住李大兴）你无情无义，为非作歹，今天该你得到报应了。

［何春花把李大兴狠狠地扔了出去，把李大兴摔了个四脚朝天。

李大兴　（痛苦地）你……你怎么这么狠啊！

何春花　是你狠还是我狠！你强拆我的房，强搬我的家，害我不浅，今天该你得到报应了！

李大兴　我什么时候强拆你的房——（醒悟）哦，你是说我迁你的坟？

何春花　那是我遮风挡雨的家！

李大兴　对……是你的家。搬迁之前我烧香叩拜，不是跟你说清楚了吗？

何春花　我同意了吗？

李大兴　这……（无奈地）你同不同意我怎么知道啊！

何春花　不知道，就敢擅自做主，强行拆迁？把我搬迁到离村这么远的山上，你……你真是“蝎子贴膏药——又黑又毒”。

李大兴　我怎么成蝎子了！春花，搬到这里离村子是远了点，但这里清静啊！

何春花　你不知道我喜欢热闹吗？

李大兴　是……我知道你喜欢热闹。

何春花　知道还做？十年前就强行拆迁，让我痛不欲生，好不容易安适下来，你又故技重演。

李大兴　十年前村里修建通村公路，你的坟在红线内，不得不搬迁啊。再说，我当时是村党支部书记，当然要以身作则，率先垂范。

何春花　你以身作则，率先垂范就拿我开刀，你考虑过我的感受吗？

李大兴　春花，是我不好，没有顾及你的感受。但你仔细想想，当年你突发疾病，就是因为交通不便，耽误了治疗，你才离开了我和孩子们，修建通村公路，就是为了不让你的悲剧重演啊！

何春花 这……修建通村公路是好事，所以上次拆迁我也没怪你啊。可这次我的房子是可以不拆不搬的，你为什么还要强拆我的房？

李大兴 这……

何春花 你从书记岗位退下都十几年了，你用得着这么积极吗？

李大兴 春花，书记退了，但我还是党员啊！

何春花 这……

李大兴 （愧疚地）春花，我知道我对不起你，每次都让你受委屈，其实我心里也难受。但你知道吗？这些年随着新农村建设，我们村发生了翻天覆地的变化。你来看，（拉着何春花登高远望）村前的那片田地建成了生态、观光农业，城里人可以在这里体验农事的乐趣。你再往那边看，村前村后的山上郁郁葱葱，那是生态果园。你再往前看，绕村的绿道，村旁的公园，还有供游客停车的停车场——（激动地）春花！

（唱）我村发展快如飞，
日新月异满园春。
统筹规划有创新，
生态旅游来引进。
组建公司有后劲，
土地流转入股份。
绿色田园四季春，
生态果园树成林。
村前公园花似锦，
绕村绿道万木馨。
游客络绎人纷纷，
花园洋房享天伦。

（幕后合唱）恰似仙境降落小山村，
比城里人生活好三分。

鬼卒甲 他们村的生活太好啦！

鬼卒乙　好羡慕啊！

鬼卒甲　我们赶紧投胎去他们村吧！

判　官　嗯——休要胡思乱想，不然神法伺候。

鬼卒甲
鬼卒乙　是！

李大兴　（唱）想一想你细思忖，
村边道旁处处坟。
就像杯水墨汁渗，
影响风景还瘆人。
为了明天更昌盛，
带头倡导迁祖坟。
（白）春花啊！
（唱）未经同意是我错，
还望原谅不记恨。

何春花　（白）呀！
（唱）听他言来细思忖，
扪心自问愧疚深。
拆迁为了众村民，
怎能计较和怀恨？
为了景色更迷人，
再拆三回也甘心。
（白）大兴啊！
（唱）是我自私头发昏，
不该上告泄私愤。
即刻撤诉驱乌云，
长夜过后是清晨。
（白）判官爷！
（唱）撤回诉状化仇恨，
雨过天晴散乌云。

判　官　何春花，你真要撤回诉状？

何春花　是，撤回诉状。

判　官　既然你要撤诉，我即收回成命。小的们，随我回府。

鬼卒甲
鬼卒乙　遵命。

[判官和鬼卒下。

何春花　（难受地）大兴，你好好保重，我……我走了！（欲下）

李大兴　春花！二十年了……让我——再好好看看你！

何春花　（感慨地）我也想你啊！（泪流满面）我也好好看看你！

李大兴　（激动地）二十年了，我想你啊！

[两人激动地拥抱，泪眼相视。

（幕后合唱）相思相念情义深，
千言万语难诉尽。

何春花　（唱）强忍悲痛泪满襟，
望夫保重永安宁。

李大兴　（唱）生离死别断肠人，
阴阳相隔欲断魂。

何春花　（强忍悲痛，泪流满脸）好好地活着，好好地享受现在这美好的生活，替我好好地再活五十年！（慢慢地隐退）

李大兴　（老泪纵横）你放心，我一定好好活着，替你再活五十年！

[幕后合唱：春秋二十情相依，
一朝相聚惜别离。
人生岂能尽如意？
有缘相伴须珍惜。

[合唱声中李大兴慢慢地走到坟前，拿起抹布伤心地擦着墓碑。

[剧终。

本戏获得2018年浙江省新农村建设题材小戏大赛银奖。

一把尺子

时　间　现代。

地　点　千岛湖某网箱养殖场

人　物　陈满根，男，50多岁，网箱养殖专业户。

何美仙，女，50多岁，陈满根媳妇。

陈满春，男，40岁，东南湖区网箱整治领导小组组长，陈满根之弟

[幕启。

[秀美的千岛湖波光粼粼，蓝天白云下，湖面网箱星罗棋布。

[岸边简易的工作房，有桌椅等简单家具。

何美仙　（欢快地上）哈哈哈——

（唱）网箱密布在湖里，

鱼儿欢腾水中戏。

如今政策顺民意，

养殖致富使全力。

鳜鱼鲫鱼红锦鲤，

丰收在望心欢喜。

哈哈哈——哎，这满根去乡里也不知开的啥会，怎么到现在还不回来？

陈满根 （忧心忡忡地上）唉！

（唱）望着网箱心如焚，

顷刻心血化灰烬。

拆了网箱怎生存？

左思右想愁煞人。

何美仙 （迎上）回来了。看你愁眉苦脸的，怎么啦？

陈满根 唉！

何美仙 好端端的叹什么气啊？

陈满根 你知道今天乡里开什么会吗？

何美仙 什么会？

陈满根 网箱整治动员会。说什么网箱养殖会产生水体富营养，严重影响千岛湖水质，所以县里决定，所有网箱年底前全部拆除。

何美仙 （惊讶）啊！

（唱）闻言如同晴天霹雳，

顷刻希望都成泡影。

网箱是我的心血和命根，

急得我六神无主没了魂。

（白）哎哟我的天啊，这可怎么办啊！

陈满根 唉——还能怎么办，拆呗。

何美仙 我的老天爷哎，这网箱可是我们的全部家当啊！

陈满根 这是县里定的，能有什么办法？

何美仙 县里也要讲理，我们投了这么多钱，总不能让我们打水漂吧。

陈满根 打水漂倒是不会，县里会给补偿。

何美仙 补偿有屁用，网箱拆了，我们以后的日子怎么办？

陈满根 这……那你说怎么办？

何美仙　对了，满春不是在县里吗？俗话说“朝里有人好办事”，找他想想办法。

陈满根　找他？他现在可是我们这片网箱整治领导小组的组长，今天的会就是他主持的。他在会上说了一大堆网箱养殖对水质的害处，找他还不是“石头上种葱——白费劲”。

何美仙　就算白费劲也得找。他是你亲弟弟，又是我们一手带大的，这个关键时候不找他，还找谁啊？

陈满根　这……

何美仙　还愣着干吗？赶紧去啊！

陈满根　哦！

[陈满根转身欲下，陈满春手提着包匆匆上场。

陈满春　哥——嫂子！

何美仙　哟——满春啊，你来得正好，满根正要去找你咧。

陈满春　是吗？哥，找我什么事？

陈满根　我……

何美仙　（忙接腔）还不是为了网箱的事。

陈满春　嫂子，我来就是和你们商量这事的……

何美仙　（兴奋地打断）满春，听你哥说你是网箱整治领导小组的组长，咱家的网箱是不是可以不拆了？

陈满春　这……嫂子，网箱整治是县里的决策……

陈满根　（冷不丁地）既然是县里的决策，那也是没办法的。

何美仙　（狠狠地瞪了满根一眼）满春，这些网箱都是政府审批过的呀，凭什么说拆就拆啊？

陈满春　嫂子，以前为了扶持库区后靠移民，所以发展网箱养殖，让大家先富起来，但这是以牺牲环境、污染千岛湖的水质为代价的。现在大家都富裕了，我们再也不能以污染湖水来换取利益了啊！

何美仙　这……满春啊！

（唱）网箱养殖是生计，
折了网箱何处去安身？

陈满根 是啊，是啊！
（唱）一辈子积蓄投上面，
还有那多年心血和艰辛。

陈满春 （唱）哥嫂心情我理解，
搁谁谁也想不明。

陈满根 （唱）可否保留一部分，
给我们生活留点根。

何美仙 是啊！
（唱）想想办法开扇门，
你笔杆一挥事就成。

陈满春 不行啊——
（唱）整治岂能开后门？
还望嫂子顾全大局做牺牲。

何美仙 牺牲、牺牲，谁来为我们做牺牲啊！

陈满春 嫂子，千岛湖水是华东的战略水源，也是杭州的饮用水源，现在湖水受到污染，整治是刻不容缓，所以政府下决心治理，要严格保护这湖秀水。

何美仙 这……（着急地）哎哟，这可怎么办呢？！

陈满春 嫂子你别着急，政府出台了养殖户上岸转产的十项扶持补偿政策。

陈满根 既然有补偿，又有扶持政策，那我们……

何美仙 （咆哮地）我们什么？（恳求）满春，你就看在嫂子的面上，你再想想办法。

陈满春 嫂子，这个办法我不能想，也没法想。你们是我的亲人，应该支持我的工作。

何美仙 正因为是亲人，所以你的胳膊肘要往里拐。

陈满春　我的胳膊肘往里拐了，那我又怎么去做其他人的工作？东南湖区这些网箱养殖户的眼睛都盯着你们啊。嫂子，我作为组长，做事得公正，尺度得公平啊。

何美仙　你别在我面前谈什么公平啊公正！

陈满春　嫂子，你知道吗？养殖一吨淡水鱼，产生的粪便相当于 20 头肥猪的粪便量，如果任由网箱继续养殖，那千岛湖的水还能清澈吗？

何美仙　水清不清我管不着，我只问你一句，你帮不帮？

陈满春　这件事我真的帮不了。

何美仙　真的不帮？

陈满春　帮不了。

何美仙　那如果年底前我不拆呢？

陈满春　那我们只能按照执法程序对网箱进行强制拆除。

何美仙　你——行，你走吧！

陈满根　美仙……

何美仙　你滚一边去。（对陈满春）我告诉你，你帮不帮无所谓，这网箱如果谁敢来拆，老娘就跟他拼命！

陈满春　嫂子！

何美仙　你别叫我嫂子，我担不起。眼看着我们一家就要下水了，你不伸手拉一把也就算了，还“癞蛤蟆插鸡毛掸子——充大尾巴狼”来吓唬人。我看你啊，就是个白眼狼！

陈满根　（责怪）你胡说什么啊。

何美仙　当年要不是我们辛辛苦苦拉扯你长大，供你读书，有你的今天吗？你无情，就别怪我无义，从今以后我们一刀两断，你走你的阳关道去，你滚，给我滚！

[拿起满春的手提包向他砸了过去。

陈满春　（抱着砸过来的手提包愣住，感慨并深情地）嫂子啊！

（唱）嫂子耐心听我言，

在你跟前我羞愧无颜。
我父母过早离世间，
是兄嫂哺养我成年。
这份恩情难忘怀，
时刻铭记在心田。
小时候，你用尺子管教严，
嘱咐我，尺度时刻放心间。
拿尺量人先量己，
做人有度天地宽。
嫂子啊！网箱养殖污水源，
让一湖秀水蓝藻泛滥。
网箱整治我职责在肩，
岂能量人量己尺度偏？
倘若这湖秀水被污染，
我们愧对祖先、无法面对子孙把心安。

（从包里拿出一把老式竹制尺子深情地）嫂子，你还记得这把尺子吗？小时候我偷偷挖了村集体竹林的春笋，你拿着这把尺子让我跪在父母的像前对我说：人不能自私，更不能损公肥私、损人利己。如今你们以污染湖水为代价来换取私利，这对得起你们的良心吗？

何美仙　呀——

（唱）满春他，一番话儿惊醒我，
犹如戒尺打手、心中好似乱云翻。
从小对他管教严，
一把尺子当教鞭。
教他正直心地善，
干净做事不耍奸。
如今我，见利忘义心眼偏，

为私利，不顾大局目光浅。

（白）满春啊，嫂子错了。

（唱）带头拆网不添乱，

让千岛湖水更甘甜！

陈满春 嫂子，现在大力推进全域旅游，推动乡村旅游大发展，你们利用自己的房子开家精品民宿，这样在县里上岸转产政策的扶持下，收入肯定不比养殖差。

何美仙 这……

陈满根 这是一条好路子。

陈满春 （拿出一张银行卡）嫂子，这二十万元钱你拿着，装修精品民宿用得着。

何美仙 这……这我们不能要。

陈满春 嫂子，长嫂如母啊，这点钱算什么，拿着吧。

何美仙 这……

陈满根 老婆，我们就把网箱拆了，上岸开民宿吧。

何美仙 （激动地）好，我们上岸开民宿！

[幕后合唱：为了湖水清，

甘愿作牺牲。

一尺量人生，

得失全在心。

[剧终。

本戏获得 2020 年浙江省新农村建设题材小戏大赛银奖。

陪　伴

时　间　周末

地　点　公公家客厅

人　物　儿媳玉萍　公公　保姆

[幕启。

[公公家客厅，有桌、椅和沙发等家具，陈设简洁大方。

[儿媳上。

儿　媳　（唱）这个保姆太可恨，

言而无信急死人。

今天全家去踏春，

赏樱探花觅绿荫。

眼看时间已临近，

不见踪影心如焚。

（对观众）你们说这个保姆可不可恶？让她 9 点钟赶回来，现在都超过一刻钟了，真是急死人了。（拿手机拨号，恼怒地）喂——你怎么回事，怎么到现在还不回来？——我不想听你解释，你立刻给我回来！（挂机）我怎么就请了这么个不着调的保姆啊。（手机铃响，忙接电话）喂——国华啊，保姆到现在还没回来，哦——好，她到了我马上过来，好好！（挂机）真是气死我了！

公　公　（上）玉萍，叫国华和孙子一起过来吃中饭吧。

儿　媳　（不耐烦）爸——不是跟你说过了，我们要去春游，你怎么老忘啊。

公　公　哦……你们要去春游啊。

儿　媳　爸，这个保姆也太不像话了，到现在还不回来。

公　公　她不是请了半天假吗？

儿　媳　我已经打电话了，让她9点钟赶回来。爸——你也是，怎么老让保姆请假啊。

公　公　她一个乡下人，到城里来做保姆也不容易，偶尔请个假也正常。

儿　媳　正常什么啊，来家里不到两个月，都请了三次假了，这像话吗？

公　公　（尴尬）是……是不太像话。要不让国华和孙子来家里等？

儿　媳　让他们来回地折腾不烦吗？

公　公　（失望）这……唉！（下）

儿　媳　怎么就找了这么个不靠谱的保姆，真是气死我了！（跟着下）

保　姆　（急匆匆地上）

（唱）电话声声催我还，

忐忐忑忑心慌乱。

急急忙忙往回赶，

还望东家不为难。

（进门后忙围上围裙做家务）

儿　媳　（上场恼怒地）你还知道回来啊？你看看现在几点了？

保　姆　（忐忑地）对不起，对不起！我……我有点事耽误了。

儿　媳　（怒斥）我最恨的就是你这种没有时间观念的人，让你9点钟赶回来，你看看整整迟到了半小时！你知道时间有多宝贵吗？你知道这半小时要耽误我多少事吗？

保　姆　是……是我的错。

儿　媳　知道错就好，以后别再让人闹心了，还有……

保　姆　（手机铃响，忙接电话）喂——什么？他又出状况了——他家人还没来？这——噢……好，我看看能不能请个假，噢……好！

儿　媳　（厌烦地）又怎么啦？

保　姆　（怯怯地）大姐，实在不好意思，我……我能不能再请个假？

儿　媳　（暴跳如雷）什么——再请个假？你是不是有病啊！

保　姆　不是我有病，是我照顾的病人出了点状况。

儿　媳　你照顾的病人？

保　姆　（无奈地）是啊，我也不怕跟你说实话，我白天在你家做保姆，晚上在医院做护工照顾病人……

儿　媳　你疯了吧！白天在我家做保姆，晚上还在医院做护工照顾病人，为了赚钱，你是不是不要命了？我看你是想钱想疯了吧。

保　姆　嘿嘿，我也是没办法，就请一小时的假！

儿　媳　（坚决地）不行！别说一小时，一分钟也不行。

保　姆　（讨好地）嘿嘿，大姐向来通情达理，你就当周末多陪下老爷子。（拿起包就想出门）

儿　媳　（恼怒）你给我站住！谁同意你走了？真是岂有此理！

（唱）世间奇事万万千，
　　　如此保姆真少见。
　　　冥顽可笑不要脸，
　　　令人发指怒火添。

保　姆　大姐，你千万别生气！

（唱）乡下之人心实诚，
　　　遇人有难就心软。
　　　老人身旁无陪伴，
　　　万一出事心怎安？

儿　媳　医院有医生，出了事医院会负责。你现在是我家保姆，应该做好眼前保姆的事。

保　姆　是是是，我现在是应该做好保姆的事。我只是个陪夜的护工，白天跟我没关系。

儿　媳　是啊，那你瞎操什么心啊？别胡思乱想了，我得赶紧走啦。（拿起挂在衣帽架上的包）

保　姆　（自言自语）是不关我的事，可是……（大喊）啊呀大姐！

儿　媳　（惊吓）啊——你干吗，想吓死我啊！

保　姆　对不起，实在对不起！

儿　媳　你讲话能不能轻点，别这样大呼小叫的好不好？

保　姆　是是，大姐。虽然跟我没关系，可是他是一个老人，又是一个病人，身边没人陪伴总不是个事，我还是过去一趟，不然这心里不安啊。

儿　媳　为了一个不相干的人你心里不安，那你擅离工作岗位，影响我家的工作，你就心安吗？

保　姆　这……这里不是有你吗，你就行行好，让我去一趟吧。

儿　媳　不行，我们一家要去春游，哪有时间替你。

保　姆　（嘟囔）你们去春游有时间，陪下老爷子就没时间了。

儿　媳　你说什么？

保　姆　没说什么。我在想，你们去春游也不在乎这一小时，不如让你老公他们过来在这里等。

儿　媳　你是不是脑子进水了，亏你说得出口。

保　姆　嘿嘿，他们过来在这里等，刚好陪陪老爷子，老爷子就盼望你们周末多来陪陪他，他也寂寞啊。

儿　媳　你少操这份闲心，我们家的事，轮不到你管！

保　姆　不是我要操心，是你们做的让我操心。你们平时工作忙，没时间来陪老爷子，这不怪你们，但周末总该来看看老爷子吧？你们倒好，一个月也不来一次，你知道老爷子有多想你们吗？

儿　媳　（气愤）你——我们就住在一个市里，平常有事就一个电话的事，他一个大老爷们还玻璃心啊，有什么好想的？你真是“狗拿耗子多管闲事”。

（唱）咸吃萝卜淡操心，

胡言乱语瞎议论。

保　姆　（唱）休说胡言和乱语，

尽孝陪伴是本分。

儿　媳　（唱）儿女都想尽孝心，

想陪也得能脱身。

保　姆　（唱）多陪老人少踏春，
　　　　　　想陪就能脱开身。

儿　媳　你—— 我没时间跟你废话，我先走了。（欲走）

保　姆　（拦住）你先别走，俗话说“碾谷要碾出米来，说话要说出理来”，今天，我们就来说说这个理。

［公公听到争吵声上。

儿　媳　有什么好说的！

保　姆　我们乡下人心里搁不住话，不说出来心里难受。你别嫌我啰唆，人老了，就图个热闹，老爷子平常想你们了，给你们打个电话，你们不是工作忙就是有事，连多说句话都不舍得。周末了，想让你们过来陪陪他，你们又是各种理由来推辞。老爷子是人，不是物件，他需要亲人的陪伴，不是请个保姆就万事大吉的。

儿　媳　我爸一个人都过了这么多年了，他的事我比你清楚，用得着你来教训我吗？

保　姆　我哪里敢教训你啊，我只是说句实话。你没到老爷子这个年龄，体会不到他想念儿孙的心情。前两次就是因为太想你们了，才叫我请假，让你们来替我……（自觉失言，忙住口）

［公公见保姆把请假的事说破，忙转身离开。

儿　媳　（惊讶）什么？原来……（叫住公公）爸，保姆说的是真的吗？

公　公　（尴尬）这……嘿嘿！

儿　媳　（生气）爸，你怎么能这样啊！

公　公　唉——儿媳啊！
　　　　（唱）人老心寂倍思念，
　　　　　　盼望亲人常陪伴。
　　　　　　平日里，你们上班没时间，
　　　　　　期盼着，周末儿孙能相见。
　　　　　　谁曾想，每次都是空喜欢，
　　　　　　无奈何，出此下策盼团圆。

儿　媳　爸——你怎么能跟她同流合污，一起来捉弄我们啊！

保　姆　我们不同流合污，你们能来吗？

儿　媳　你别在这里煽阴风点鬼火，以后少管我们家的事。我告诉你，现在你哪儿也不准去，我马上要……（保姆电话铃响，厌烦地）又怎么啦？

保　姆　（看手机）是医院打来的。

儿　媳　把手机给我。（接过手机，打开免提）喂——

[画外音：你好，你是32床何雪花的媳妇吗？

儿　媳　你有什么事？

[画外音：你明天上午8点来医院做肾移植抽血配型检查，记得不要吃早饭。

[传来挂机后的嘟嘟声。

儿　媳　（惊讶）做肾移植抽血配型检查？你要把肾移植给谁？

保　姆　（淡然地）我婆婆得了尿毒症，需要换肾。

公　公　你是想把你的肾移植给你婆婆？

保　姆　是啊，只要配型成功，我就把肾移植给我婆婆！

儿　媳　（关心地）你要想清楚，少了一个肾，对你的健康是有影响的。

公　公　是啊，肯定有影响。不过，你跟你婆婆不是直系血缘关系，配型的成功率是很小的。

保　姆　我知道，如果配型不成，再想办法寻找匹配的肾源。

儿　媳　即使找到合适的肾源，再加上手术费，可不是一笔小数目啊。

保　姆　是啊！（忍不住潸然泪下）为了医治婆婆的病，我白天当保姆，晚上做护工，虽然很累，但我并不觉得苦。只要能治好我婆婆的病，再苦再累我也不怕！

（唱）婆婆不幸患恶疾，
四处求医不放弃。
为了赚钱把病医，
白天保姆夜护理，
只要婆婆能痊愈，
再苦再累也不惧。

只要怀抱着希冀，
熬过黑夜是晨曦。
期盼配型没问题，
移植肾脏去顽疾。
欢欢喜喜回村里，
婆媳相伴不分离。

儿　媳　（唱）听罢思绪如潮起，
感慨万千泪眼迷。
她为婆婆肾舍弃，
我连陪伴都推辞。
相比愧疚难企及，
从此后，常来陪伴情相依。

爸，我现在就让国华带着儿子过来陪你！

公　公　（激动）好！

儿　媳　（对保姆）你现在就去医院照顾你婆婆吧！

保　姆　这……

儿　媳　以后周末，你就安心在医院照顾你婆婆，这里有我啦。

公　公　好好！你放心，工资一分都不会少！

保　姆　（激动得泪流满面，深深鞠躬）谢谢谢谢！你们都是好人啊！

儿　媳　（扶起保姆）你才是真正的好人啊！

[幕后合唱：月儿缺，月儿圆，
都是人间的风景。
人相依，情相随，
亲人陪伴四季春。

[剧终。

本戏 2020 年入选全国小戏、小品主题作品征集。

春日暖阳

时　间　春天的一个午后

地　点　王师傅理发店

人　物　王师傅，60 多岁，理发师

小　王，30 岁，王师傅女儿

小　陈，30 多岁，王师傅老顾客女儿

老　方，60 多岁，老顾客

[幕启。

[王师傅简陋的理发店。

[舞台中间的屋檐下悬挂着一块匾，上面写着“人民理发店”五个大字。舞台一侧的墙面上贴着“学雷锋标兵”“学雷锋积极分子”等奖状，还挂着一块陈旧但制作精美的价格表，上面绣着“老少无欺、生死不弃，理发、剃须 5 元”。舞台另一侧放着一张理发椅，旁边的柜子上放着理发工具。

[王师傅给老方剃着须。

[幕后合唱：人民理发店，
　　　　　　实惠又方便。
　　　　　　剃头又刮脸，
　　　　　　温暖人心田。

老　方　（躺在椅子上）王师傅，现在，只有在你这儿才能享受到这么暖心、这么精致的剃须手艺了，真舒服！

王师傅　（忧郁地）唉——你是最后一个啦，剃完就要关门啦！

老　方　（坐起）什么，关门？你开得好好的，为什么要关门啊？

王师傅　女儿让关呀。

老　方　为什么啊？

王师傅　唉！

（唱）这爿理发店，
开了已经四十年。
伴随着喜怒和哀乐，
享尽了苦辣和酸甜。
难得女儿关心和爱怜，
让我关门歇业颐养天年。

老　方　这……这要是关了，我以后去哪里理发啊！

小　王　（上场）旁边就有一家，再说镇上理发店多得要命。

老　方　多有啥用啊！

（唱）理发店铺虽然多，
哪有剃须这手艺？

小　王　（唱）剃须电器多得是，
手工剃须已过时。

王师傅　怎么就过时了？

（唱）电器剃须少生气，
哪有手艺暖心又舒适。

小　王　你们都是老思想，跟不上形势啦！

老　方　我就是老思想，就是喜欢你爸给我剃须。你爸爸这个毛巾敷到脸上是热乎乎的，这刮刀刮在脸上是痒乎乎的，我这个心里呵是暖乎乎的。这手艺有人的情感，有人的温度！

小　王　有情感也好，有温度也罢，反正从现在起关门不开啦！

老　方　王师傅，你这店可不能关，你开着，我们这些老哥们还有个聊天的来处，你要是关了，我们……

小　王　方叔，你们可以另外找个地方，我爸老了，该退休啦。

老　方　这……

小　王　我爸剃个头加刮胡子才 5 块钱，这么便宜的价格也就赚个辛苦！

老　方　价格可以涨啊，涨到三十、五十都行。

王师傅　那可不行，这价格可不能涨。

小　王　（对老方）听见没有？爸！

（唱）今非昔比样样涨，

商品价格一年一个样。

猪羊牛肉早翻番，

蔬菜年年往上涨，

吃碗馄饨价格早也往上扬，

更别说那商品房。

只有你，二十年来价没涨，

不知你是怎么想？

（玩笑地）爸，你要是价格涨到五十，你就开着，我搬过来照顾你，那以后，我们还得靠你嘞！

王师傅　嘿嘿……反正不能涨价。

小　王　所以啊——爸，你辛苦一辈子了，身体又不好，就搬到我那儿去，让女儿我好好照顾你。

王师傅　唉！

小　王　爸，今天可是你 60 岁生日，又是理发店开张 40 年的纪念日，我已经预订好了酒店，晚上给你好好庆祝庆祝。

老　方　王师傅，这可是大喜的日子啊！

王师傅　是啊是啊！

小　王　爸，抓紧收拾下，待会儿还要去服装店给你买套新衣服，不然时间来不及了。

王师傅　这……

老　方　别这啊那的了，抓紧收拾吧。

[老方帮王师傅、小王一起收拾，小陈急匆匆上。

小　陈　（唱）我爸病危已糊涂，
仍然念叨王师傅。
想要理发剃个须，
他的愿望不辜负。

（看店牌）就是这家理发店。（进店）请问谁是王师傅？

王师傅　我就是，你是？

小　陈　太好了，王师傅，你赶紧去给我爸理个发吧。

王师傅　你爸？

小　陈　我爸是陈东旭，是你的老顾客。

王师傅　噢——你是陈东旭的女儿？

小　陈　是啊是啊！

小　王　这位大姐，我们关门了，你要理发去别的店吧。

老　方　是啊，这店不营业了，要关门了。

小　陈　（着急地）啊呀王师傅，你可别关门，我爸就盼着你啊！

王师傅　好，那就再理一个，你叫他过来。

小　陈　王师傅，我爸他……

王师傅　你爸他怎么啦？

小　陈　（伤心地）我爸他……王师傅！

（唱）春节一病就没起，
肝癌已经到晚期。
眼看油枯灯将熄，
念念不忘你手艺。

王师傅　（感叹）我明白了，我这就去。

小　王　爸，现在时间已经很紧了，你如果去了，就没时间买衣服了。

王师傅　衣服就别买了，我又不是小孩。

小　王　爸，这可是你 60 岁的生日！

小　陈　（悲伤地）小王，我爸他知道自己不行了，就想理个发、剃个须，干干净净地走，我爸就这点心愿，你就成全他吧，小王，我求你啦！

小　王　（被感动）陈姐——爸，那你……你就去吧！

王师傅　好，这就去！

小　王　谢谢！

［小王帮王师傅收拾理发工具。小陈电话声响。

小　陈　（接电话）喂——什么？我爸他——

王师傅　小陈，你爸怎么了？

小　陈　（悲戚地）我爸他……他走了！爸——

王师傅　（安慰）小陈，节哀顺变！

小　陈　（悲伤地）王师傅，我爸他用不着理发剃须了，我走了！

［小陈走。

王师傅　（忙叫住）小陈，我跟你一起去，去给他最后剃次头。

小　王　（拉爸到一边）他都去世了，还剃什么啊！再说殡仪馆里有理发、化妆的美容师，你就别操这份心了。

王师傅　老陈左脸颊骨有块突出部位，很容易把脸刮破，我不放心。再说他在我这儿剃了一辈子，最后一次我都不能满足他，我怎么对得起他！

小　王　爸！

（唱）人家都说不用理，

何必自己找晦气。

王师傅　（唱）什么晦气不晦气，

理发不分生与死。

小　陈　（唱）我爸已经驾鹤去，

不敢劳烦你手艺。

王师傅　小陈，你进了我的店，就是我的顾客，我就必须把你爸的头理好，须剃好，这是匠人的规矩。

小　王　爸，人家都说不用了，你这是何必呢？

老　方　是啊，既然人家都说不用理了，那就算了吧。

王师傅　不行，老陈盼望着我给他最后理次发、剃次须，我不能辜负。

小　王　（生气）爸，今天可是你的生日，你就别再固执了，好不好？

王师傅　我不是固执，女儿，你看看我们招牌上写的：“老少无欺、生死不弃”，我们不能食言啊。

小　王　（恼怒地）这店都不开了，还有什么“生死不弃”的！

[小王怒气冲冲地把挂在墙上的价格表扯下扔在地上，并用脚踩踏。

王师傅　（厉声叱喝）住手！

[王师傅愤怒地跑过去抓住女儿，举手欲打，但高举的手并没有落下。女儿吓得抱头蹲在一旁。

[王师傅捡起价格表，小心地拍打着上面的灰尘。

老　方　（走过去扶起王师傅女儿）你啊……真是该打！

小　王　（委屈地）我——

老　方　这块价格表可是你妈亲手绣的啊！这个店规，还有这理发的价格，都是你妈定的！

小　王　（内疚地）爸——

王师傅　女儿啊！

（唱）这爿理发店，

和你妈共同创建和经营。

倾注了你妈的心血和艰辛，

可惜她过早地香消玉殒。

从此后，这爿店就是我的依存，

因为有你妈的音容和体温。

你爸没有高尚人品，

只知踏实本分地做人。

凭手艺修身立命，

凭手艺养活家人，

凭手艺抚慰人心，

让手艺温暖他人。

我不想歇业关门，

更不愿吃喝等死把日子混。

就想施展手艺让你妈高兴，

我乐在其中做个对社会有用的人！

小　王　呀——

（唱）听爸一席话我如梦初醒，

原来我是懵懂无知小人心。

（白）爸，我把价格表重新挂上！（挂上价格表）

（唱）今后你用手艺传递温情，

我为你护航展夕阳缤纷。

爸，把你住的这套房重新装修下，我们搬过来和你一起住，你守着店，我守着你！

王师傅　（激动）好好好！小陈，去给你爸剃人生中最后一次头，让他干干净净地来，利利索索地走！

小　陈　（激动得热泪盈眶）谢谢你，王师傅！

[小陈跪地磕头，王师傅忙扶起。

小　王　爸，我开车送你们！

王师傅　好好好！

[幕后合唱：一把剃须刀，

有义又有情。

用它写人生，

温暖人心里。

[剧终。

本戏入选 2022 年浙江省第十一届群文小戏大赛决赛。

| 睦剧小戏 |

匿名信风波

时　间　秋天

地　点　陈虹家

人　物　陈　虹，56 岁，王新华的妻子，已退休

林组长，48 岁，×× 局纪检组长

小　王，28 岁，×× 局纪检室工作人员

李　婶，60 多岁，湾头村民，王新华房东

[光启。

[陈虹家客厅。

[幕后合唱：一封匿名信，

掀起浪千层。

纪检找上门，

要把事查清。

陈　虹　（上场，想想又对着门外）你说你傻不傻啊，纪委都找上门了，还这么不要命地为他们跑经费，再说你都快退休了，你图个啥呀？这次说什么也不让你再去那个湾头村了！

陈　虹　（唱）新华下派湾头村，

尽心竭力为村民。

六年辛劳脱了贫，
也该回家尽尽心。
谁料想，他又下派湾头村，
你说窝心不窝心？

[林组长和小王上。

林组长　（唱）接到一封匿名信，
举报新华惹民愤。
事关国策和民心，
不能马虎要谨慎。
今天来找当事人，
查清事实再理论。
（上前敲门）

陈　虹　谁啊？

林组长　新华在家吗？

陈　虹　（开门）你们是？

小　王　嫂子，我们是新华的同事。（指林组长）他是局纪检组的林组长。

陈　虹　哦，请进吧。

[林组长和小王进门。

林组长　是这样，我们今天来找新华了解点事……

陈　虹　他不在！

林组长　这……不是说好让他在家里等我们的吗？

陈　虹　本来他是在家里等你们！可刚才农业局打来个电话，说湾头村什么项目有点问题，他就立马赶过去了。林组长，你们是来了解匿名信的事吧？

林组长　是啊。

陈　虹　林组长，既然有匿名举报了，那就让新华回来，省得“顶着石臼做戏——吃力不讨好”！

林组长　小陈，不能因为一封匿名信就让他回来。

陈　虹　人家都举报了，还待在湾头村干吗呢？

林组长　这……

陈　虹　（抱怨）我家新华下派湾头村都两届六年了，他还有三年就退休了，干吗这届还要让他去？

小　王　嫂子，这届下派本来是要换人的，是他自己要求去的。

陈　虹　（生气）什么？敢情这吃力不讨好的事是我家新华自找的？

林组长　小陈，你别激动，你的心情我们理解。

陈　虹　既然理解，你们就让新华回来。

小　王　嫂子，王新华同志回不回来，要局党委决定，我们没有这个权力。我们只负责调查匿名信的事。

陈　虹　既然没有这个权力，那你们走吧。

小　王　嫂子！

陈　虹　你们走吧。

［陈虹推林组长和小王出门。

［李婶提着一篮覆盆子上，刚好和被推出门的林组长撞上。

李　婶　（惊呼）哎哟喂——你怎么瞎撞啊，差点把我这一篮子覆盆子给撞翻在地啦。

林组长　（忙道歉）对不起，对不起，老人家，你没事吧？

李　婶　没事 ，没事。请问这是王新华的家吗？

林组长　是啊。

李　婶　啊哟我的天哎，终于找到了。

林组长　你是？

李　婶　我是湾头村的，今天啊……

林组长　（兴奋地）湾头村的，那太好了！

李　婶　（看到陈虹，仔细打量）敢情你是新华的媳妇？

陈　虹　是啊！

李　婶　太好了，新华媳妇，我是特地来看你的。

陈　虹　（疑惑）特地来看我？

[李婶顾自进屋，林组长和小王也跟着进屋。

李　婶　是啊，新华媳妇！

（唱）村里都叫我李婶，

新华住在我家里。

说你生病在就医，

大家心里都惦记。

摘来生鲜覆盆子，

代表乡亲来看你。

陈　虹　（推开李婶递过来的覆盆子）谢谢你的好心！你们只要放过我家新华，让他回来比送什么都好。

李　婶　（尴尬地）这……

林组长　李婶，你别在意。你来了，我们正好向你了解点事。

李　婶　向我了解点事？

林组长　是啊，李婶！

（唱）有人投了匿名信，

举报新华失职失民心。

李　婶　（惊讶）什么？举报新华失职失民心？

小　王　是啊。

李　婶　真是胡说八道！

（唱）新华一心为村民，

尽职尽力顺民心。

小　王　（唱）说他帮扶是假把资历混，

沽名钓誉才是真。

李　婶　（唱）真是狗嘴里喷粪，

胡扯瞎掰诬陷人。

陈　虹　（唱）不管胡扯还是瞎掰，
　　　　　　　有人举报总是真。

李　婶　（唱）举报人是蛇口蜂针，
　　　　　　　黑白颠倒险恶用心。

陈　虹　（唱）险不险恶别下定论，
　　　　　　　匿名举报定有原因。

林组长　（唱）她说话反常让人生疑，
　　　　　　　趁势细查烛破其隐。

李　婶　（疑惑）我说新华媳妇，你怎么胳膊肘往外拐啊，帮着举报人说话？

陈　虹　我……我这是就事论事，实事求是。

李　婶　这……

陈　虹　既然有人告了，你们就让新华回来吧。

李　婶　那可不行。

陈　虹　怎么就不行了？

李　婶　我跟你说，我们虽然脱了贫，但我们还指望新华带领我们致富呢。

陈　虹　没有他，你们同样能致富。

李　婶　没他不行，他就像“药铺里的甘草——离不开”啊！

陈　虹　你们离不开他，那你们有没有想过，我们这个家就能离开他吗？

李　婶　这……

陈　虹　你们别太自私好不好！

李　婶　这……啊呀新华媳妇，我们全村人都指望着新华呢！

陈　虹　你们全村人指望着他，难道我们这个家就不指望他吗？今年我生病，住了差不多一个月的院，他前后加起来还没照顾我三天，你说我还要他干吗？唉——我跟你说这些做啥，你走吧，你就别在这里给我添乱了。

［陈虹推李婶出门，林组长、小王劝阻。

林组长　小陈，“伸手不打笑脸人，开口不骂送礼人”，人家是拿着礼物来看你的。

陈　虹　用不着!

小　王　嫂子，你消消气。

[小王把陈虹劝回屋内。

林组长　李婶，她也是一时冲动，你不要生气。

李　婶　没事，我不生气。

林组长　那我们还是回到前面的话题。如果真像举报信上所说的那样，我们肯定要换个下派干部。

李　婶　那可不行，坚决不能换。

陈　虹　你说不换就不换啊!

李　婶　当然不能换。(对林)领导啊，新华他是“碾砣砸碾盘——石(实)打石(实)”地为我们办事，帮我们致富啊!

(唱)新华来到我们村，

起早贪黑为村民。

六年帮扶让我们脱了贫，

从此就像枯木逢了春。

他说脱贫刚刚才起步，

共同富裕才是努力的愿景，

再干三年加把劲，

把湾头变成远近闻名富裕村。

有他带领我们有信心，

还望成全我们感激涕零。

小　王　李婶，如果真如你所说，我们是不会让王新华同志回来的。

李　婶　(高兴)那就好，那就好!

小　王　(递过笔录)麻烦你在这份笔录上签个字。

李　婶　好好好!

[李婶接过小王的笔录签字。

春来百花开

时　间　春节

地　点　幸福农场办公楼前

人　物　项　蓉，29 岁，幸福农场场长

项根发，56 岁，项蓉父亲，幸福农场副场长

村民甲、乙、丙、丁

众村民（乐队）

[幕启。

[青山绿水间一片望不到头的农田，在农田边上有一幢二层的幸福农场办公楼，楼前放着石桌、石凳和一些农业生产用具。

[乐队放在舞台一侧，作为众村民。

[幕后合唱：场长召集来开会，
都有红包装口袋。
村民个个乐开怀，
唯独根发不痛快。

[合唱声中村民甲、乙、丙、丁簇拥着项根发上场。

项根发　（唱）农场租赁百亩田，

三年辛苦终赚钱。

谁料想，蓉儿竟然要还田，

气得我，咬牙切齿头冒烟。

今日她，突发奇想送温暖，

不知她，耍啥诡计添啥乱？

看乡亲，眉开眼笑尽欢颜，

不由我，忐忑不安如熬煎。

唉！大过年的送个红包也没什么，可红包写上户名，封着不让看，就有点奇怪了，也不知这葫芦里卖的是什么药？

村民甲　哎哟喂——我说项场长，你愁眉苦脸的干吗呀，好像我们欺负你似的。

村民乙　不会是因为发我们红包吧？

村民丙　该不是“牛鼻子上穿绳——不情愿”吧？

项根发　（尴尬地）这……这怎么会啊。

村民甲　不会就别拉着个猪腰脸。

村民丁　就是！

众村民　哈哈哈……

项　蓉　（上）怎么这么高兴啊？

村民甲　项场长，你今天给我们发红包，我们当然高兴啊！

众村民　是啊！

项　蓉　高兴就好！（对众人）大家都到齐了吧？

众村民　（异口同声）到齐了。

项　蓉　爸，你把红包发给大家吧。

项根发　（犹豫）这就发？

项　蓉　是啊！（对大家）不过大家拿到红包先不要打开，我还有话说。

［大伙不解地议论，项根发分发红包。

项　蓉　爸，这个红包是你的。

项根发　（接过红包，高兴地）喏，这么大个红包啊！（警惕地）无缘无故送红包，不会是陷阱吧？

项　蓉　（玩笑地）爸，女儿真要给您挖个陷阱您怕不怕？

项根发　我有什么好怕的。（欲拆）

项　蓉　（忙制止）爸，您跟大家一样，现在不能拆。

项根发　这……好，不拆就不拆。

项　蓉　（对大伙）这一年，大家在外面打工过得怎么样啊？

[众议论纷纷。

项　蓉　大家都说说吧。

众村民　唉，一言难尽啊！

（唱）背井离乡步维艰，
风餐露宿苦难言。
疫情更是霜雪添，
辛苦劳累难挣钱。

村民甲乙　是啊！

（唱）离家打工在外县，
一年难得见回面。

村民丙丁　（唱）妻儿老小抛一边，
辛劳一年不见钱。

项　蓉　（唱）在外打工太艰难，
还是回家更周全。
种植山地耕农田，
既能顾家又赚钱。

众村民　谁不想回家？可回来了，去哪里挣钱啊？

村民甲　是啊，这一家老小可是要过日子的啊！

[众议论纷纷。

项　蓉　你们知道我租一亩田一年能赚多少钱吗？

众村民　（好奇）多少？

项　蓉　（对项根发）爸，您给大家算算。

项根发　这……（忙拉项蓉到一旁）蓉儿，赚多少钱告诉他们干吗？

项　蓉　这有什么，我们遵纪守法、光明正大挣的钱还怕人家知道啊？

项根发　这……

项　蓉　你不说，那我说。（对大伙）大家想不想知道，我一亩田能挣多少钱啊？

众村民　想啊。

项　蓉　好，那我就给你们算算。一亩田种植水稻等二熟作物，通过市场运作，在耕种、管理和收割时都可以组织城里的学生和市民来体验农事活动，这样就得到一笔可观的收入。水稻和其他作物成熟后，通过包装外销又获得一笔收入，这样平均一亩田就有近二万元的收入。而山地种植中药材每亩又有六千到一万元的收入。而你们租给我一亩田是 700 元，一亩地才 400 元，你们算算我从中赚了多少？

村民甲　（惊讶）怎么能赚这么多啊！

村民乙　是啊，这样我们可亏大了。

众村民　是啊！

项　蓉　没想到吧！今年我打算成立公司，通过农业观光旅游，带动民宿业的发展。你们可以把自己的田和地入股公司，只要你们愿意，大家都可以成为公司的员工，平时有工资，年底有分红，这不比你们在外面打工强吗？

[大家兴奋地议论。

项　蓉　大家想不想回来和我一起干？我们可不能守着金山银山还去外面打工讨食啊！

村民甲　我们想啊，可想又有什么用，我们哪有田地入股啊？

众村民　是啊，田地都租给你了。

项　蓉　只要你们愿意回来，我就把田地都还给你们。

众村民　（疑惑地）真的！

项　蓉　当然是真的，不信你们打开红包，里面就是我们签的租赁合同。

[众人欢呼雀跃。

项根发 （急忙阻止）停停停！不许打开，红包都还给我！

[项根发强收红包，众无奈。

村民甲 给我们了，怎么还收回啊？

村民乙 是啊，怎么能“反转葫芦、倒转蒲扇——出尔反尔”啊。

众村民 就是！

项根发 就是什么？合同签的是十年，现在才三年，凭什么还给你们？

村民甲 可场长都说还给我们了，您只是副场长。

众村民 是啊！

项根发 我是场长的爹，我不同意，看谁敢还给你们。

众村民 这……

项　蓉 （把项根发拉到一旁）爸，我不是跟您说过了。

项根发 我同意了吗？

项　蓉 这……

项根发 蓉儿！

（唱）你从城里回了乡，
千辛万苦建农场，
赚了点钱就轻狂，
要还合同你休想。

项　蓉 爸！

（唱）放弃高薪回家乡，
承包土地建农场，
赚钱不是我理想，
让村民共富才是我努力的方向。

项根发 （唱）富裕要靠自己闯，
你狗拿耗子瞎逞强。

项　蓉 （唱）不是逞强是担当，
携手共富是我追求的梦想。

爸，我们不能只想着自己赚钱自己富，要带领乡亲们一起赚钱一起富！

项根发　他们有手有脚，用不着你瞎操心，想富，得靠他们自己。

项　蓉　爸，靠他们自己没错，但我们拉他们一把，面前的陡坡就能爬上去；扶他们一下，他们就能跟上来。

项根发　这……

项　蓉　爸，我们可不能吃独食、当地主。俗话说“一花独放不是春，百花齐放才是春”啊！

众村民　（热烈鼓掌）说得好！

项根发　（恼怒）好什么好，都给我住手。做人要讲信用，你们签了合同，就得认！

众村民　（无奈地）这……

村民甲　我们没有不认啊，合同不是还给你了吗？

村民乙　是啊。

村民甲　说实在的，我们就是有田有地也赚不来钱。

众村民　也是。

村民乙　项副场长，您也别生气，反正啊，我们也就是个打工的命。

项　蓉　靠打工可过不上富裕的日子，再说你们愿意自己的老公长年在外打工吗？

村民甲　当然不愿意。

村民乙　是啊，我们也是“和尚的脑壳——没发（法）啊”！

众村民　是啊！

项　蓉　所以啊……

［项蓉示意村民求助项根发，众村民顿时热情地把项根发拉到石凳上。

村民甲　项场长，我给您敲敲背。

村民乙　项场长，我给您揉揉肩。

村民丙丁　项场长，我们给您捶捶腿。

项根发 （恼羞成怒）好嘞！你们别献殷勤了好不好？我告诉你们，要想拿回合同，那是“墙上挂门帘——没门”。

项　蓉 爸！

项根发 （气愤地）你也别想用一个红包来收买我，想让我把合同还给他们，那是“石狮子放屁——别想”！（愤怒地把红包摔在地上）

项　蓉 （捡起红包）爸，你知道红包里是什么吗？

项根发 还用问吗？我告诉你，红包再大、钱再多也收买不了我！

项　蓉 （拆开红包）爸，还记得这本笔记本吗？

项根发 （惊讶）笔记本！

众村民 （诧异）笔记本？

项　蓉 十年前，我去大学报到时，你拿着这本笔记本语重心长地对我说：你是乡亲们一家一口养大的，永远不要忘记乡亲们的恩情！爸！

（唱）这本笔记本，
　　记载着乡亲们的恩情，
　　也记录我成长的历程。
　　自从母亲香消玉殒，
　　半岁的我如苦海浮萍，
　　是左邻右舍抚养我成人。
　　我吃过李婶的奶，
　　喝过王姨的米羹，
　　围过项叔家丝巾，
　　穿过项嫂的衣裙。
　　没有乡亲们的呵护和爱怜，
　　哪有我展翅高飞入彩云？
　　困难时乡亲竭力帮衬，
　　发迹时岂能有己无人？

（白）爸！

（唱）面对乡亲扪心自问，
　　　该不该帮扶左右乡邻，
　　　该不该助力致富众乡亲，
　　　该不该报答养育我的众村民？

项根发　哎呀！
（唱）一番话让我如梦初醒，
　　　似鞭子抽打愧疚于心。
（白）蓉儿啊！
（唱）我自私自利有负乡亲，
　　　我利欲熏心忘了恩情。
　　　从今后帮扶乡亲尽全力，
　　　助村民共同富裕往前奔。
乡亲们，今后我们一起干，一起过上富裕的日子！

众村民　（热烈鼓掌）好！

[项根发把红包分发给大家。

项　蓉　接下来，我们要成立中药材营销公司和旅游、民宿经营公司，大家把手中的田和地，以及闲置的空房子一起入股，公司和农场统一管理、统一经营，利益按股份分红。

项根发　以后大家就是公司的员工，平时有工资，年底有分红。

众村民　（激动万分）好！

项　蓉　大家共同努力，把富裕的心愿变成富裕的现实！

众村民　（热烈鼓掌）好！

[幕后合唱：新年新业态，
　　　　　　春来百花开。
　　　　　　齐心向前迈，
　　　　　　共富幸福来。

[剧终。

醒 悟

时 间 晌午

地 点 章建材家

人 物 章建材，农民，余桂花老公

余桂花，农民，章建材老婆

王大婶，全能神教徒

民警甲、乙

[幕启。

[章建材家的农家小院，家徒四壁，只有一桌二椅等简单家具。

[幕后合唱：孙女生病住了院，
如坐针毡傻了眼。
家徒四壁贫如洗，
去哪筹集住院钱？

余桂花 （唱）为了孙女去借钱，
处处碰壁遭白眼。
好话说尽嘴磨烂，
终于借到钱两千。
石头落地心稍安，

抓紧往那医院赶。

[余桂花匆忙收拾住院用品，刚准备出门手机铃响。

余桂花　（接电话）喂……是建材啊……噢……我借到钱了，马上赶来医院……噢……好的，我马上到。

[余桂花挂断手机，刚准备出门，王大婶进门。

王大婶　哎哟——这么匆匆忙忙的，要去哪里啊？

余桂花　哟，大婶啊，我孙女生病住院了，我得赶紧去医院。

[余桂花欲出门，被王大婶拦住。

王大婶　（严厉地）你忘记自己的身份了吗？

余桂花　我……

王大婶　你是全能神教的人，要放下一切亲情杂念，心里只能有神圣的全能神教。桂花！

（唱）神教规矩就是天，

不能违背和冒犯。

舍弃亲情和杂念，

专心致志勤修炼。

感悟神教真诚虔，

才能进入灵界并升天。

余桂花　（犹豫）这……

王大婶　（拿下桂花手中的东西）桂花，现在是你进入灵界最关键的时候，不能有任何杂念。

余桂花　可……可我孙女还在医院……我……

王大婶　（威胁并恐吓地）只要你潜心修炼，全能神就会保佑你全家，你孙女的病也会好的。如果你现在放弃，全能神就会降罪于你，不但你孙女的病好不了，还会让你的儿子、媳妇、丈夫都得病，而且都是不治之症！

余桂花　（害怕）这……

（唱）听此言让我毛骨悚然，
字字如针扎在我心间，
句句如箭穿进我心田，
全身颤抖我头晕目眩。
神教规矩如一把利剑，
高悬头顶我心惊胆战。
孙女病重她住在医院，
能无动于衷不顾不管？
左右为难我如坠深渊，
如何抉择如乱麻一团。

[余桂花左右徘徊，犹豫不决。这时传来诡异恐怖的声音：对神教怀疑就是对全能神不敬，对全能神不敬之人和他的家人，都将受到神的惩罚，要被打入十八层地狱，遭受毒蛇猛兽噬咬，永远不得翻身！

余桂花　（吓得蜷缩在地）这……这是什么声音？

王大婶　这是教神的声音。

余桂花　啊——教神！

王大婶　你能听到教神的声音，说明你已经得到教神的福音，你离得到福报的日子不远了，你可要继续努力啊！

余桂花　（慌乱地）哦……

王大婶　来，我们赶紧向教神叩拜感恩！

[王大婶拿出全能神画像让余桂花叩拜，嘴里念念有词。

[章建材急匆匆地上。

章建材　（唱）孙女等着住院钱，
左等右等人不见。
心急如焚往家赶，
看看究竟啥谜团。

[进门，见余桂花跪拜念经，顿时勃然大怒。

章建材　余桂花，孙女等着你的救命钱，你倒好，又在这儿装神弄鬼！（见王大婶怒火中烧）你这个老妖婆，别在这里害人好不好，我们家被你害成这样了，你还不罢休吗？你还是不是人啊，赶紧给我滚出去！

王大婶　（恼怒地）你破坏我们修炼，冲撞神灵，你会受到惩罚的。

章建材　你这个魔鬼，看我今天怎么收拾你。

[章建材拿起扫把追打王大婶。

王大婶　（跌倒，被章建材抽打，气急败坏地）你打……打我就是打全能神，余……余桂花，快让你老公住手，不然全能神会惩罚你们全家的，你孙女的病会越来越重，你儿子也会……会被惩罚……

[余桂花听王大婶叫喊，害怕受到惩罚，于是上前抱住章建材。王大婶趁机拿起一块砖头砸向章建材的头部，章建材晕倒。余桂花害怕得不知所措，

王大婶　（对桂花恶狠狠地）快去找根绳子来。

[余桂花顺从地找来绳子，二人一起把章建材捆在椅子上。

余桂花　（害怕并关心地）他没事吧？

王大婶　你心疼了？他殴打我就是殴打全能神，就该受到惩罚。

余桂花　可他是我老公。

王大婶　不管是谁，只要对全能神不敬，他就是我们的敌人。

章建材　（慢慢苏醒挣扎地）桂花……快把绳子给我解开……

[余桂花欲上前解绳，被王大婶拦住。

王大婶　不许给他解开，这是全能神对他的惩罚。

章建材　桂花，你醒醒吧，别听她瞎说，孙女住在医院，等着你的救命钱啊！

王大婶　（威严地）余桂花，你身上还有钱没有上交？

余桂花　这……这两千块钱是我刚借来的，是……是给我孙女治病的。

王大婶　钱必须全部奉献给教神，这样教神就会拯救你的孙女，不然，灾难就会再次降临到你孙女的头上。

章建材　别听她胡说，桂花！

（唱）教神救不了咱孙女，
别让她骗了救命钱。

王大婶 （唱）舍弃了钱财神会庇袒，
欺骗了教神神会清算。

余桂花 这……
（唱）手握救命钱重如泰山，
如何抉择我迷茫心乱。

章建材 桂花！
（唱）别信老妖婆胡言瞎侃，
快去救孙女不要迟缓。

余桂花 （心慌意乱）哦。
（唱）手握救命钱心慌意乱，
急忙出门我往医院赶。

王大婶 （拦住余桂花，恐吓地）站住！
（唱）违背神意会遭电闪雷劈，
迷途知返才能消除灾难。
（威逼）快把钱交出来，不然全能神会降罪你们全家。

余桂花 （害怕）这……

章建材 你这个没人性的妖婆，那是我孙女的救命钱哪，桂花，千万不要把钱交给她呀！

王大婶 快给我，给我就是给全能神，就能免除神的惩罚。
[王大婶强行从桂花手中抢走钱。

章建材 （见钱被抢走，愤怒地）天杀的老妖婆，你心怎么这么毒啊！你会遭到报应的，老天也不会放过你的。桂花，你好糊涂啊！
（唱）鬼迷心窍你入了邪教，
受人蛊惑你痴迷心乱。
家中事情你全然不管，

一心痴迷那邪教寐魇。
家里财物都被你捐献，
家徒四壁你还不安然。
孙女病重躺在了医院，
再不救治将命丧九泉。
桂花啊，赶快醒醒别上当受骗，
仔细想想该迷途知返。

余桂花　呀！

（唱）听此言让我思绪万千，
思前想后我忐忑难安。
难道真是我上当受骗？
是对是错我真假难辨。
恍恍惚惚我意乱心烦，
何去何从我左右为难。

章建材　桂花，快给我解开，我们赶紧去医院。

余桂花　（如梦初醒）哦！

［余桂花上前给章建材解绳子，被王大婶阻止。

王大婶　（斥责地）不许把绳子解开，这是神对他的惩罚，难道你要违抗神意吗？

余桂花　这……

章建材　桂花……别听这个老妖婆的，赶快给我解开。

王大婶　（对余桂花严厉地）不要听他胡说，快把他的嘴给我堵上。

余桂花　这……

王大婶　（见桂花犹豫，拿毛巾堵章建材的嘴，被章建材狠狠地咬了一口）哎哟……

章建材　我咬死你这个老妖婆！

王大婶　（恼羞成怒）你……你竟敢咬我，你这是对全能神的伤害，你伤害全能神就得死。

[章建材不停地怒骂，王大婶气急败坏地找来一根木棍交给余桂花。

王大婶　余桂花，考验你的时候到了，给我狠狠地打。

余桂花　这……

王大婶　你想违抗神的旨意吗？你想背叛神吗？

余桂花　我……我……他是我老公哎，我怎么可以……

王大婶　为了全能神，你必须割舍亲情，不然一旦全能神降罪，你的孙女就得死，你的儿子、媳妇也会死……

余桂花　（恐惧地）这……

[传来诡异恐怖的声音：对神教怀疑就是对全能神不敬，对全能神不敬之人和他的家人，都将受到神的惩罚，要被打入十八层地狱，遭受毒蛇猛兽噬咬，永远不得翻身！

余桂花　（吓得蜷缩在地）啊……

王大婶　（威逼）这是神的旨意，必须执行！

余桂花　这……

王大婶　难道你想让你孙女死吗？想让你儿子、媳妇都死吗？

余桂花　（崩溃的）我……我……

[余桂花闭上眼睛，狠心地举起木棍向章建材打去……

[两民警冲进屋内。

民　警　（大声地）住手！

[余桂花听到喊声，高举着木棍呆住。王大婶见是民警，急忙想逃，被民警制服。

民警甲　王大婶，我们跟踪你很多天了。

王大婶　（泄气地）唉！

[民警拿掉余桂花手中的木棍，解开捆绑章建材的绳子。

民警乙　王大婶，你传播邪教，坑害无数善良的百姓，毁了许多幸福的家庭，你必将受到法律的严惩。

余桂花　（迷惑地）这……

民警甲　余桂花同志，你醒醒吧，别再上当受骗了。

[民警从王大婶身上搜出钱和一部微型播放机，揌下播放键，顿时传来诡异恐怖的声音：对神教怀疑就是对全能神不敬，对全能神不敬之人和他的家人，都将受到神的惩罚……

余桂花　（如梦初醒，上前厮打王大婶）你这个骗子，骗了我所有的血汗钱，害苦了我们全家，你这个害人的魔鬼……

[民警拉开余桂花，把钱还给余桂花，押王大婶下。

余桂花　（内疚地）老公，对不起！

章建材　什么也别说了，我们赶紧去医院。

余桂花　嗯！

[幕后合唱：邪教歪理来迷惑，
暗施诡计骗财物。
祸国殃民人人唾，
远离邪教驱恶魔。

[剧终。

本戏获杭州市反邪教宣传优秀作品奖。

菜苗青青

时　间　春天

人　物　山里女孩　城里女孩　众菜苗

[幕启。

[春光明媚，鸟语花香。在风景秀丽的山村边上有一片菜地，菜地里长着葱郁的小菜苗。

[山里女孩在菜地里精心地为菜苗锄草、浇水。

[幕后合唱：青青的菜苗在成长，
　　　　　让我用爱来浇灌它。
　　　　　美丽的自然共同的家，
　　　　　我们互助相爱一起长大。
　　　　　让快乐的心情都像彩霞，
　　　　　让我们的家园美丽如画。

[合唱声中山里女孩和众菜苗快乐地舞蹈。

山里女孩　（唱）爸妈打工城里面，
　　　　课余菜地农活干。
　　　　锄草浇水在田间，
　　　　菜苗茁长喜心田。

亲们，你们好好待着，我再去打水来喂你们噢。

众菜苗　好嘞！

[山里女孩下场打水。

众菜苗　（唱）春风吹拂精神爽，
菜苗沐浴好时光。
怀抱我们的梦想，
自由自在把歌唱。

菜苗甲　哎——大家来看，那边来了个小女孩。

众菜苗　咦？好像是个外地人。

菜苗甲　好像是个城里人？

众菜苗　城里人？

菜苗乙　她来这里做什么？

众菜苗　谁知道啊！

菜苗甲　不管她。

众菜苗　对，不管她。

[城里女孩手拿写生本上场。

城里女孩　（唱）山路弯弯溪水长，
一路风景美如画。
周末踏春写生忙，
不觉来到山村旁。

（白）呀，好一片小菜苗啊，青青的、嫩嫩的好美啊！

咦，这里有把锄头。

菜苗甲　她拿锄头做什么啊？

众菜苗　谁知道啊。

城里女孩　这锄头一定是用来锄草的，让我来试试。

[城里女孩放下背包和写生本，拿起锄头锄草。

菜苗甲　啊呀——她要来给我们锄草啦，她会不会啊？

菜苗乙　城里的女孩肯定不会，她会伤到我们的，大家快跑啊！

众菜苗　（惊慌地）往哪里跑啊！

[城里女孩笨拙地拿着锄头锄草，众菜苗呼喊着东躲西藏，但城里女孩的锄头还是接连伤着菜苗。

[山里女孩上场，见城里女孩锄草时接连伤着菜苗，心痛万分。

山里女孩　（愤怒地）你把锄头给我放下！

[城里女孩惊恐地扔下锄头。

山里女孩　谁让你在菜地里乱锄的，你看看，把我的菜苗都弄伤了。

[山里女孩抚慰众菜苗，众菜苗纷纷向山里女孩倾诉伤痛。

城里女孩　（轻蔑地）不就几根菜苗嘛，有什么大惊小怪的！

山里女孩　（非常生气）说得轻巧，你知道为了这些菜苗，我花了多少心血吗？

（唱）你说话轻巧真可恨，
知道种菜有多艰辛。
先要开荒把地整，
撒下菜籽防飞禽。
早晚浇水和施肥，
防范虫害锄草勤。
菜苗茁长费尽心，
你信口雌黄少思忖。

城里女孩　（唱）谁信口雌黄少思忖，
几根菜苗有啥要紧。
菜场二元买一斤，
锄伤几根何伤神。

（无所谓地）大不了我赔你就是。

山里女孩　你拿什么赔？

城里女孩　（从口袋里掏出一张 10 元纸币）10 元钱可以买一篮子菜了，赔你这些总够了吧！

山里女孩　谁要你的钱。

众菜苗　对，谁要你的钱。

菜苗甲　你把我的伤口治好。

菜苗乙　你把我的叶子生回去。

菜苗丙　你赔我的精神损失费。

众菜苗　你赔……你赔啊！

山里女孩　对，你赔得了吗？

城里女孩　这……你……你们乡下人真不讲理！

山里女孩　我们乡下人不讲理，你这个城里人，损坏了人家的菜还有理啦！

众菜苗　就是，弄伤了我们，你还有理啊！

城里女孩　（恼羞成怒）跟你们乡下人说不清楚，我要走了。

山里女孩　（拦住城里女孩）不许走！

（唱）弄伤菜苗没认错，

就想离开没道理。

城里女孩　（唱）我拿十元赔偿你，

是你不要谁没理？

山里女孩　（唱）谁要你的钱和币，

只要道歉和赔礼。

城里女孩　（唱）道什么歉来赔什么礼，

何必拿着鸡毛当令旗。

我没时间和你啰唆，我还要写生哩，我走啦！（拿起背包和写生本欲下）

山里女孩　（拦住城里女孩）你不道歉，就不准走！

城里女孩　（恼怒地）我就是不道歉！

众菜苗　不道歉，就是不准走！

[城里女孩欲走，山里女孩和众菜苗拦住不让走，在拉扯中，山里女孩把城里女孩的写生本扔下山坡。

城里女孩 啊——我的写生本！（气愤地）你……你赔我的写生本！

山里女孩 （学城里女孩）不就一本写生本嘛，有什么大惊小怪的。

城里女孩 （委屈并伤心地）你……你……这是我妈送给我的写生本，是我妈留给我的唯一礼物。

山里女孩 你妈……

城里女孩 （悲痛地）我妈两年前就生病去世了，妈！

（唱）写生本上有妈的嘱咐，

谆谆教诲还有希望和祝福。

本子在身如妈相随共处，

见字如面似妈在旁守护。

本子若失我把母爱辜负，

让我愧疚心中更是痛楚。

妈——

山里女孩 （内疚地）对不起！

（唱）是我冒失行为粗鲁，

扔你本子实在离谱。

向你道歉不要嗔怒，

找回本子赔罪弥补。

[山里女孩和众菜苗寻找写生本，山里女孩在众人帮助下找回写生本。

山里女孩 （把写生本还给城里女孩，鞠躬致歉）对不起，请你原谅！

城里女孩 （高兴地）找回就好！（犹豫地）刚才……刚才是我不对，伤了你的菜！

山里女孩 （大度地）没事！

城里女孩 你不生我的气啦？

山里女孩 我不生气啦！

众菜苗 不行，她弄伤了我们，还没道歉哩，我们还生气呢。

山里女孩 大家别这么小气嘛，别让城里人小看我们。再说她也不是故意的，我们就原谅她好吗？

众菜苗 不行……就不行！

山里女孩 （为难地）这……

城里女孩 （真诚地）对不起，把大家弄伤了，我在这里向你们道歉，请你们原谅我好吗？

[城里女孩向众菜苗深深地鞠躬致歉。

众菜苗 （忙扶起城里女孩）算了……我们原谅你啦！

山里女孩 （高兴地）好啦，从现在起，大家就是朋友啦！

[大家兴奋地拥抱在一起。

城里女孩 （拉着山里女孩）你给菜地锄草，让我给你们写生好吗？

山里女孩 （兴奋地）好啊！

山里女孩 （对众菜苗）大家准备好了，我们锄起来了哦！

众菜苗 好嘞！

（合唱）青青的菜苗在成长，
让我用爱来浇灌它。
美丽的自然共同的家，
我们互助相爱一起长大。
让每天的心情都像彩霞，
让我们的家园美丽如画。

[在快乐的合唱声中，山里女孩和众菜苗欢快地舞蹈。城里女孩认真地在一旁写生。

[剧终。

本戏获杭州市中小学艺术节二等奖。

戏画人生

时　间　上午

地　点　张大旗家

人　物　张大旗，男，65 岁

黄爱萍，女，55 岁，张大旗妻子

张红英，女，35 岁，文化站站长

[幕启。

[张大旗家客厅，墙上挂着戏画，桌上摆着戏画，地上乱丢着戏画……

[爱萍上场，无奈地收拾零乱的屋子。

[幕后合唱：大旗喜欢画戏画，
画出人性真与假。
戏画乱扔不像话，
恨得老婆咬碎牙。

爱　萍　（唱）今天女儿要回家，
大旗城里买鸡鸭，
还有鱼肉酱醋茶，
烧桌好菜慰劳娃。

眼看女儿就到家，

不见大旗心急煞。

这个死老头子，真当是作孽啊！今天女儿要来看我们二老，叫他起个早去城里买菜、买调料，怎么到现在还不回来，你说我气不气来恼不恼！

大　旗　（背着一捆宣纸，手拿笔墨上）

（唱）大旗年纪到花甲，

喜欢在家画戏画。

今日买得纸一沓，

高高兴兴回到家。

爱　萍　老头子，你终于回来了。

大　旗　回来了。

爱　萍　你背着一捆啥东西啊？

大　旗　老太婆，今天我发财嘞，正宗的宣州宣纸，质量好，价格还实惠，真当是发财嘞！哈哈哈……

爱　萍　一天到晚就想着你那些纸啊画的，叫你买的菜呢？

大　旗　（愣住）啊呀！

爱　萍　问你菜呢？

大　旗　（尴尬地）我……我给忘记了！

爱　萍　（勃然大怒）什么，忘记了！你怎么不把自己给忘记呀？一天到晚就知道画这些人不像人、鬼不像鬼的破画，心里哪里还有一点点这个家？我看你啊，是走火入魔了！我让你涂，我让你画……

[爱萍怒气冲冲地撕墙上、桌上、地上的戏画，顺手拿起桌上的一方歙砚狠狠地摔在地上。大旗想阻止已来不及，歙砚砸碎一地，他急不可耐地捡起破损的歙砚痛惜万分。

大　旗　（怒不可遏）你……你这个母夜叉……

爱　萍　（望着大旗手中破损的歙砚也蒙了）大旗，我……

大　旗　你……你给我滚！

爱　萍　（后悔地）大旗，我……我不是故意的，我是被你气糊涂了，才一时失手把你的宝贝给砸了。

大　旗　你……你就是故意的，我们离婚，离婚！

爱　萍　（委屈地）大旗！

大　旗　没什么好说的，这婚离定了，现在就离！

爱　萍　（哀求地）大旗！

大　旗　走，现在就去乡里办手续，走！

[大旗拉着爱萍往外走，爱萍赖着不肯走，俩人就这样僵持着。

[张红英上。

红　英　啊哟——你们这是演的哪一曲啊？

爱　萍　啊呀张站长，你来得正好，快来劝劝这老头子，他要跟我离婚。

红　英　什么，离婚？

大　旗　对，离婚！

红　英　你们都多大岁数了，还赶时髦啊。

爱　萍　啊呀张站长，你就别开玩笑了，他真的要跟我离婚！

红　英　不会吧！（玩笑地）张大伯，难道你已经知道自己出名了？

大　旗　（糊涂）什么，我出名了？

爱　萍　（疑惑）他出名了？

红　英　是啊！

大　旗　出什么名？

红　英　张大伯，你的戏画《魂》获得了我省农民画比赛一等奖，还将邀请你到北京参加全国农民画展！

大　旗　（惊讶）啊——呃——

[大旗晕倒，爱萍、红英急忙扶住，俩人手忙脚乱地急救。

大　旗　（缓过神来）张站长，这……这是真的？

红　英　张大伯，当然是真的。

（唱）一幅戏画摄人魂，
戏里画外感染人。
人间悲欢皆戏文，
全在画中戏人生。

大　旗　（激动地）太好了，这么多年的努力，我……

红　英　（玩笑地）张大伯，该不会您早知道自己出名了，才和婶子离婚吧！

爱　萍　（顿时恼怒）好你个张大旗，原来你是出名了，才要跟我离婚，你这个陈世美，你这个没良心的……

[爱萍追打大旗，大旗逃避，红英劝阻。

爱　萍　（哭诉）张大旗！

（唱）好你一个张世美，
心黑如狼又如豺。
这么多年将你爱，
你却恶魔心中怀。

（白）张大旗，你想想这些年是怎么过来的！

（唱）你只画画家不顾，
家里家外我担待。
出了名就将我踹，
想不到你这么坏。

好，离就离，我才不要和你这黑了良心的人一起过！

大　旗　（心急）老太婆，你听我说，你误会了。

爱　萍　我不听，你想做陈世美，我就成全你，我们这就离！

大　旗　老太婆，你听我说，我真的不知道这档子事。

爱　萍　你不知道？你骗鬼啊！

红　英　婶子，你别生气，这档子事，张大伯是真的不知道，我也是刚刚才收到省里的通知。

大　旗　是不是，我跟你说，我压根就不知道这件事。

爱　萍　那你干吗着急跟我离婚？

红　英　是啊，你干吗要跟婶子离婚？

大　旗　谁让她摔了我的心肝宝贝歙砚。

红　英　不就一方歙砚嘛，重新买一方不就成了，至于要离婚吗？

爱　萍　张站长，这方歙砚不一样。

红　英　是吗？

大　旗　是啊！张站长，这方歙砚可是救过我的命啊！

（唱）这方歙砚不一般，
伴我整整三十年。
想当年，
叱咤风云舞台间，
唱做念打舞翩跹，
英俊小生红半天。
天有不测风云变，
声带病变成梦魇，
无奈惜别离梨园，
一蹶不振无生念。
师傅送我这方砚，
谆谆教诲记心田。
心有舞台一片天，
自有天地在胸怀。
从此舞台在纸面，
戏中人物笔墨间。

老太婆，师傅赠送的这方歙砚，使我走出了黑暗，让我把对舞台、对浦江乱弹的热爱，埋藏在心里，倾注在戏画中。这方歙砚是我获得新生的宝物啊！

爱　萍　（惭愧地）老头子，是我的错，我对不起你啊！

（唱）怪我鲁莽目光短，
摔坏歙砚惹事端。
今向老伴来致歉，
还望原谅不怨嫌。
从今后，你画舞台忠和奸，
我包后勤保周全。

大　旗　（激动地握住爱萍）爱萍！

爱　萍　（激动地）大旗！

红　英　呀——
（唱）这对恩爱老夫妻，
磕磕碰碰数十年。
人生总有沟与坎，
雨后天晴艳阳天。
张大伯，这是北京农民画展的邀请函，您收好了！

大　旗　（兴奋地接过）我要多画些戏画去参展！

红　英　好！

大　旗　老太婆，笔墨侍候！

爱　萍　好嘞！

[爱萍研墨，大旗提笔作画。

[幕后合唱：戏画藏着爱与恨，
画中人物皆戏文。
笔墨纸上画人生，
酸甜苦辣全在心。

[剧终。

月圆夜

时　间　中秋夜

地　点　李贵清家

人　物　李贵清，47 岁，纪检干部

王　艳，45 岁，李贵清妻

王　海，30 岁，某镇工办主任，王艳弟弟

妈　妈，69 岁，王艳母亲

[幕启。

[李贵清家。

[幕后合唱：花好月圆中秋夜，

秋风送爽喜事添。

合家欢乐团圆筵，

欢天喜地尽开颜。

[合唱声中王艳和妈妈愉快地收拾着餐桌，摆放着烧好的菜肴和酒具。

王　海　（端着一盘红烧鱼上）红烧鱼来啦！

妈　妈　好了，你休息吧，剩下的还是我来烧吧。

王　艳　妈，还是我来烧吧。

王　海　你们就别操心了，剩下的酸辣羹可是我最拿手的，我要让你们好好见识见识我的手艺。（哼着小调下）

王　艳　妈，您看他高兴的！

妈　妈　（高兴地）这么多年，难得有这么高兴的日子。

王　艳　是啊，这次参加副局级选调，他过关斩将，今天终于如愿，实在是让人高兴啊。

妈　妈　是啊，真是不容易。

[妈妈收拾着桌子，忽然一阵头晕，王艳忙上前扶住。

王　艳　妈——怎么啦？是不是老毛病又犯了，要不，我们上医院去看看？

妈　妈　不用，明天不是要去住院吗，我这病啊——唉，没事。哎——贵清怎么到现在还不回来，早该下班了。

王　艳　是啊，这老李也不知怎么回事，到现在还不回来。

妈　妈　也许有什么要紧事，一下子走不开。我进去看看，他烧菜，我还是不放心。

[妈妈下。

王　艳　（焦虑）唉——

（唱）老李真是没道理，
　　　中秋月夜团圆时，
　　　又遇阿海喜庆事，
　　　迟迟不归费猜疑。

[李贵清心情沉重地上。

李贵清　（唱）今天接到举报信，
　　　举报线索有疑虑。
　　　似与王海有干系，
　　　回家我再问端倪。

[李贵清开门进屋。

王　艳　（见李贵清高兴地）哟，老李回来了！（见他没反应，大声地）老李——你做啥啊，叫你也听不见。

李贵清　（惊悟）噢，我……

王　艳　（责备）今天是中秋节，又是阿海考上副局的喜庆日子，你应该高兴啊，干嘛闷闷不乐的。

李贵清　没什么，王海在家吗？

王　艳　在啊，正在厨房忙着嘞。

李贵清　噢，你叫他出来一下，我有事找他。

王　艳　阿海，阿海——你姐夫叫你嘞。

[王艳下，王海兴冲冲地上。

王　海　（兴奋地）姐夫，你回来了。

李贵清　嗯。

王　海　姐夫找我有事？

李贵清　（心平气和地）阿海，有人举报你们沙田镇工办贪污企业扶助款，有这事吗？

王　海　（愣住）这……

李贵清　你知道这事吗？

王　海　（有点慌乱）不……不知道啊。

李贵清　举报信中说，有一笔8万元的企业扶助款被贪污私分了。

王　海　（惊慌地）这……这我不太清楚。

李贵清　王海啊——

（唱）你是工办的主任，
对此不知没道理。
有人举报贪腐事，
其中必定有玄机。
不掖不藏来告知，
此事是否是事实。

王　海　这……

（唱）姐夫询问凉后脊，

想起此事我心悸。

本想安排缜密无后事，

却不想，有人举报露痕迹。

（白）姐夫——

（唱）此事确实是事实，

还望姐夫高抬贵手险化夷。

李贵清　说实话，你从中拿了多少？

王　海　我只拿了两万元。

李贵清　那好，你马上跟我到纪委把事情说清楚，退回贪污的公款，并接受纪委的处理。

王　海　（惊慌失措）这……不，不能啊。我要是去了纪委，那这么多年的奋斗不就完了吗？姐夫，现在只是有人举报，你替我想想办法，我是绝对不能在这个时候出事的，姐夫——

[妈妈和王艳端着菜上。

王　艳　什么事啊，谈得这么投机。

妈　妈　来——开饭了，你们边吃边聊。

王　海　姐姐，你替我向姐夫求求情，让他帮我想想办法。

王　艳　（疑惑地）什么事啊？

妈　妈　（急切地）阿海，出了什么事？

李贵清　妈——您别急。

王　艳　到底出了什么事？

李贵清　你让他自己说。

王　艳
妈　妈　阿海，出了什么事？

王　海　我……我私分了八万元公款。

王　艳
妈　妈　（惊愕）什么！

（唱）听此言如晴天霹雳，
　　心焦急我痛彻心扉。

王　艳　（唱）此事怎会是我糊涂的弟，

妈　妈　（唱）叫我这当妈的怎不痛惜。

王　海　妈——都是我不好。

妈　妈　你太让妈失望了。

王　艳　阿海，你真是好糊涂啊！

王　海　姐，这几年妈妈住院治病，负债累累，你又下岗在家没有工作。去年燕子考上了第三批的大学，我看你为她上学的学费发愁，当时同事提出要私分了那笔企业扶助款，我也就没反对……

王　艳　原来你给燕子上学的两万元钱是——唉！都怪我啊！
（唱）听此言我伤心欲焚，
　　少思忖竟然害了弟。

王　海　（唱）我一时糊涂做错事。
　　连累了家人好歉意。

李贵清　（唱）现在后悔也没意义，
　　退还赃款才是道理。
阿海，不管怎么说，你先得跟我走。（李贵清拉着王海欲走）

王　艳　（立即拦住）老李，你要干什么？

李贵清　我要带他去纪委自首。

王　艳　你疯了，他可是我弟弟！

李贵清　正因为是你弟弟，所以我要带他去自首。

王　海　姐夫，我好不容易考上了副局，如果进了纪委，我就完了。再说现在也只是有人举报，你想想办法，先把这件事给压下来。

王　艳　是啊贵清，既然只是举报，那这事就有回旋的余地。现在举报信在你手上，你先压着，明天让阿海回去先把公款还上。

王　海　是啊是啊，姐夫，我明天就想办法把钱还上。

李贵清　你们别想得这么简单，举报信是在我手上，也是我负责调查，但我们调查组有四个人，如果我压着，他们会怎么想？

王　艳　这我不管，你自己想办法。老李啊！

（唱）他为燕子违法纪，
一时糊涂把路迷。
何况过关又斩将，
考取副局不容易。
如果现在纪委进，
毁了前途没了戏。
现在案子你手里，
想想办法解危机。

李贵清　（唱）不是我的心肠硬，
奉公执法是纪律。
要是利用我权力，
为他开脱洗罪迹，
不是关心和爱意，
而是推他进荆棘。

王　艳　贵清，你说的道理我都懂，但阿海是我的弟弟啊！他的两万元钱，我会想办法替他还上，但你必须想办法让他过了这一关。

王　海　是啊，姐夫，举报信在你手上，只要你先压着，我回去就把这事处理好，这样我就能过了这一关。

李贵清　这……

王　艳　老李，阿海是为了我们的燕子才犯了错，你不能没有良心啊！

李贵清　这……王艳啊，阿海犯了错，我们是有责任，但桥归桥、路归路。我不能因为他是你弟弟就包庇他，也不能因为是为了燕子而为他开脱，这样做是知法犯法啊！

王　艳　这我不管。

李贵清　王艳，法不容情啊！

王　艳　但做人要有良心！

李贵清　这……

王　艳　（恳求）贵清，只要你把举报信压几天，阿海就能渡过这一关，你一定要帮他。

李贵清　王艳，你想想，我如果真的把举报信压着，知道他贪污不去查，你就不怕有人举报我吗？

王　艳　这……

李贵清　王艳，我不能知法犯法，徇私舞弊啊！

王　艳　徇什么私舞什么弊，现在只是举报，又没有查实，这个关键时刻，只要你抬抬手，就能帮他，你为什么就不帮呢？

李贵清　我要是帮了，那被查的就不是王海一个人了，而是两个人！

王　艳　这……

妈　妈　你们别吵了，贵清说的没错。阿艳啊！

（唱）他的工作是纪检，

督查执法是本职。

廉洁奉公是党纪，

以身作则严律己。

阿海啊！

犯了错自己认识最要紧，

跌倒了要有勇气再站起。

生活的路不会一帆风顺，

直面人生才能进取愉怿。

阿艳啊，贵清的工作要理解支持，我们不能给他添乱啊！

王　艳　妈——

妈　妈　阿海啊！犯了错不要紧，重要的是有勇气改过自新。人生的路还长着，这次失去了机会，以后还可以争取。做人就要清清白白，踏踏实实。

王　海　妈——

妈　妈　（拿出一本存折交给王海）这有两万元钱，你拿去先把公款还上。

王　艳　妈，这可是你住院治病的钱啊！

王　海　是啊妈，这可不行，钱我来想办法。

妈　妈　没事，你妈这病啊是慢性病，不碍事。

王　海　妈——

妈　妈　听你姐夫的话，到纪委自首去！

王　海　妈——

妈　妈　来，来，来——中秋节是团圆的日子，我们全家一起先喝杯团圆酒！

王　艳
李贵清　妈——
王　海

[大家沉重地举起酒杯……

[幕后合唱：中秋风恬月明朗，
今年月光云中藏。
亲人相聚举杯难，
秋风涤过月如光。

[剧终。

“鸡”情四溢

时　间　初春

地　点　浙西龙游飞鸡养殖场

人　物　吴静静，35 岁，龙游飞鸡股份有限公司董事长

　　　　吴根土，60 多岁，吴静静父亲，龙游飞鸡养殖场场长

　　　　李　丽，26 岁，董事长助理

　　　　林大伯，60 多岁，养鸡大户

[幕启。

[灵山江畔，春意盎然。

[龙游飞鸡养殖场办公室，吴根土拿着一个文件袋忧心忡忡。

[幕后合唱：女儿抵押去贷款，
　　要去西部建鸡场。
　　此事实在太荒唐，
　　根土为此愁断肠。

吴根土　（唱）静儿固执性刚强，
　　放弃百万年薪回了乡。
　　投资办起养鸡场，
　　创立品牌有声望。

生意做得挺兴旺，
悬着的心终于能安详。
谁料想，她竟然西部去办场，
抵押贷款实在太荒唐。
手拿房产证件心惆怅，
搞不懂女儿是怎么想？

[吴根土藏档案袋，吴静静和李丽上。

吴静静　（唱）东西协作工作忙，
“龙游飞鸡”去推广。
农户增收有希望，
脱贫致富奔小康。

李　丽　（寻找档案袋）我刚才就放在桌上的，怎么找不着了？

吴静静　不会吧！（帮着寻找）

李　丽　（着急）我记得清清楚楚，就放在这里的，怎么会没了呢？

吴静静　别着急，你再好好想想。

李　丽　（疑惑）没错，就放在这里。董事长，这可怎么办？房产证等办抵押贷款的资料全在档案袋里。

吴根土　你们别找了，房产证我放起来了。

吴静静　爸，您把房产证放起来干吗？

吴根土　（语重心长地）静儿，你去西部帮扶我不反对，但也要量力而行，有多少能力使多少力。像你这样拿房子抵押贷款去帮扶，我坚决不同意。

吴静静　（耐心地）爸，您的意思我明白。公司刚刚升级现代化管理系统，资金暂时有些困难，拿房子抵押贷款也是权宜之计，过段时间就好了。

吴根土　那就过段时间再说。

吴静静　爸，这次东西部协作帮扶，我们龙游和四川的叙永县结对，“龙游飞鸡"作为产业扶贫的重点项目，是时不我待的事，在这个关键时刻，我们可不能掉链子啊。爸！

（唱）东西协作是号令，
结对帮扶消贫困。
富裕不能顾自身，
回馈社会不忘本。

吴根土　静儿！

（唱）我也不是糊涂人，
回馈社会我赞成。
不能抵押去扶贫，
量力而行是根本。

吴静静　爸，您怎么这么固执啊！

吴根土　不是我固执，是你太拗了，为了公司，我不能由着你胡来。

吴静静　我怎么就胡来了？爸，把"龙游飞鸡"推广到西部去发展，对我们的产业发展是有利的啊。

李　丽　是啊，吴场长，这有利于我们"龙游飞鸡"产业的发展。

吴根土　你们别忽悠我了，我还没有老糊涂。告诉你们，拿房子抵押贷款去帮扶，我坚决不同意。

吴静静　爸——您怎么这样啊！

吴根土　（固执地）我就这样了，你爱咋咋地。

吴静静　这……

[林大伯挑着鸡蛋上。

林大伯　哟，你们这是唱的哪一曲啊？

吴静静　林大伯，鸡蛋送来了！

林大伯　送来了。（放下鸡蛋）静静，你们这是怎么啦？

吴静静　（掩饰）没……没什么，我爸他身体不太舒服。

吴根土　（愤懑）谁说我身体不太舒服了？

吴静静　爸！

吴根土　老林，你来评评理。她要去四川帮扶，这我支持，但要量力而行，不能打肿脸充胖子啊。现在公司没有资金，她竟然要把房子抵押了去贷款，你说我能放心吗？

林大伯　什么，拿房子抵押去贷款？

吴根土　是啊！

林大伯　静静啊，这可使不得，去四川帮扶是好事，也是善事，但我们不能为了帮扶去冒风险啊。

吴根土　就是啊！四川离我们这儿有一千多公里，这人生地不熟的，万一有个闪失，投资的钱打了水漂不说，还把房子给搭进去了，弄不好还要欠银行一屁股的债，这事能干吗？

林大伯　（附和）对，这事不能干。根土，我支持你。

李　丽　林大伯，您这不是来捣乱嘛！

林大伯　（生气）我怎么就捣乱了？

吴静静　（忙阻止）小李！林大伯您别生气，你的好意我理解。但我们富裕了，可不能“生手拉琴——吱咕吱（自顾自）”啊。林大伯！

（唱）西部农户还贫困，

需要我们去帮衬。

我们伸手扶一阵，

他们就能往上跟。

你们扪心细思忖，

应不应该把手伸。

俗话说“花要叶扶，人要人帮”，我们去帮他们一下，他们就赶上来了。

林大伯　（若有所思）静静说的在理啊，想当年要不是她伸手帮我一把，怎么会有我的今天啊！静静，你的意思我明白了。

（唱）当年我，生活过得不轻松，

父母年迈要侍奉，

老婆体弱又多病，
日子艰难又贫穷。
幸好静静来帮扶，
公司鸡苗免费送，
养殖技术来提供，
我才脱贫致了富。
如果没有你帮助，
富裕生活就是梦。

吴静静 林大伯，您的幸福是奋斗出来的，我只是扶了您一把。

林大伯 就是你扶的这一把，才让我脱贫致了富。现在西部农村不富裕，我们是应该去扶他们一把，让他们跟我们一样，过上富裕的生活。根土，静静做得对啊！

吴根土 呃……

林大伯 根土啊，静静做的是好事，我们要支持啊！

吴根土 （执拗）我没有不支持啊，我只是不同意她拿房子抵押去贷款。

吴静静 爸，其实您不用当心，四川叙永县我去考察过，那里很适合养殖我们的龙游飞鸡，只要保障得力，技术跟上，就不会有太大的风险。

李　丽 是啊，你就放心吧。

吴根土 （固执己见）我就是不放心。

吴静静 爸，您的心情我理解，拿房子抵押贷款是有风险，但都在掌控之中，您要相信女儿。我们现在富裕了，但西部农村还不富裕，我们不能“只顾自己碗里满，不顾人家肚子空”啊，爸！

（唱）党和政府发号令，
全力以赴来响应。
产业帮扶促富民，
龙游飞鸡当重任。
叙永农户要脱贫，

尽心竭力去助阵，

伸手相扶一条心，

定能致富小康奔。

（白）爸，我们靠龙游飞鸡脱贫致富，我相信四川叙永县的乡村，发展好龙游飞鸡产业，也一定能富裕起来。

林大伯 对，“一只龙游飞鸡养活一家人，一枚飞鸡蛋培养一个大学生。”龙游飞鸡引入四川叙永县，一定能让那里的农户富裕起来。

吴静静 说得好！爸！

（唱）一花独放不是春，

百花齐放满园春。

产业帮扶深扎根，

产业兴旺是福音。

只要心齐共使劲，

叙永的明天一定繁荣昌盛。

林大伯 说得好啊！一花独放不是春，百花齐放才是春。

李　丽 是啊，不能只顾自己富，要让全国的农民共同致富！

吴根土 （犹豫）你们说的道理我都懂，可这抵押贷款，我……

吴静静 爸，我这也是为公司着想。现在公司的发展已经到了瓶颈期，现在龙游飞鸡名声在外，销售情况非常好，但我们的养殖跟不上，这样限制了我们的产业发展。现在我们抓住东西部协作这个大好时机，发展西部龙游飞鸡养殖，不仅帮扶当地农户脱贫致富，也促进了我们的产业发展，这是一举两得的好事啊。

李　丽 是啊，吴场长！

吴根土 （怀疑）真的？

吴静静 爸，我会骗您吗？

吴根土 既然这样我……好吧。（拿出档案袋交给吴静静）给你！

吴静静 谢谢爸爸的理解和支持！

林大伯 （调侃）“晒裂的葫芦——终于开窍了”！

众 哈哈哈……

林大伯 静静，我有一个提议，村里像我一样的养殖户有二十几户，我想他们跟我的想法是一样的，我去动员一下，让大家一起出资去帮扶，这样，你就不用拿房子去抵押贷款了。

吴根土 （兴奋）这个想法好。

吴静静 太好了，你们就作为股份投资，大家利益共享。我们齐心协力把“龙游飞鸡”产业推广到西部去，让“龙游飞鸡”成为西部富民的阳光产业！

众 好！

[幕后合唱：砖连砖能成墙，
瓦连瓦能成房。
手拉手有力量，
心聚齐奔小康。

[背景显示：“龙游飞鸡”品牌在当地和四川、新疆一共建立养鸡基地1000多个，带动3500多户农民脱贫致富。

[剧终。

春暖茶飘香

时　间　现代

地　点　农家小院

人　物　杨　华，32 岁，青年农民

　　　　李　敏，30 岁，杨华妻子

　　　　茶　香，60 岁，杨华母亲

　　　　何　倩，26 岁，大学生、茶叶技术员

[幕启。青山绿水，春意盎然。远处山坡上的绿茶漫山遍野，像绿色的海洋，泛起层层波浪。

[杨华家小院，有石桌石椅，周围有爬满藤蔓的木栅栏。

[茶香在整理和打扫庭院。

[幕后合唱：春光明媚小山村，

悠然自得又安宁。

晴天忽然起乌云，

风雨即刻要来临。

[李敏从屋内拎着行李箱出门，与进屋的茶香撞在了一起。

茶　香　哎哟哟！

李　敏　啊呀妈，你没事吧？

茶　香　没事没事，人老骨头还铁硬咯。哟——你这行李箱蛮漂亮的，我记得是送给村里初中生的呀，怎么……

李　敏　多了一只。

茶　香　哦！你拎着它做啥啊？

李　敏　我要走！

茶　香　走？你要走到哪里去？

李　敏　妈，这个家我待不下去了。

茶　香　尽胡说，怎么就待不下去了？

李　敏　妈！

（唱）你儿交了桃花运，
拈花惹草丢了魂。
见异思迁变了心，
家要散来人要分。

茶　香　媳妇啊！

（唱）别听他人乱嚼舌，
我儿不是那种人。
不要见风就是雨，
胡诌八扯别相信。

李　敏　妈，我问你，这些天杨华是不是一天到晚不着家？

茶　香　你这么一说还真是的。

李　敏　我再问你，本来说好春节后就去县城买房的，可现在是找各种理由来推托，这其中是不是有问题？

茶　香　这么说来还真是有问题。

李　敏　他和那个何倩成双入对的，不是一起往县城跑就是一起上山，也不知道他们搞什么名堂。而且还……我都说不出口。

茶　香　这确实是太不像话了，你不说我还蒙在鼓里嘞。

李　敏　妈，还有哩！

茶　香　还有？

李　敏　是啊，妈！

（唱）他心已飞早移情，

夫妻恩情全抛尽。

辛苦赚得买房钱，

绞尽脑汁想骗尽。

茶　香　什么？买房子的钱他也想骗走？我去问问他谁借给他胆了，看我怎么收拾他。（气呼呼地往外走）

李　敏　（忙拉住茶香）妈，你要到哪里去？

茶　香　我找那个没良心的算账去！

[杨华内喊：妈，李敏！

李　敏　妈，他们来了，我们先躲起来。

茶　香　对，先躲起来。看看他们两个能搞出什么名堂来。

[李敏、茶香躲到木栅栏后面。

[杨华和何倩上。

杨　华　妈，李敏——怎么没在家啊？

何　倩　杨华，这件事我觉得你应该和家里人商量商量。

杨　华　何倩，跟她们商量不通的。

何　倩　可这毕竟是件大事，她们迟早会知道的，纸包不住火啊。

李　敏　（对茶香）听见没，他们都擦出火花，要办大事了！

杨　华　包不住也得先包着，等“生米做成熟饭了”再说。

何　倩　这……这恐怕不好吧。

李　敏　（气愤地）妈——他们都“生米做成熟饭了！”

茶　香　（勃然大怒，冲出）你这个没良心的，你们竟然……

[李敏跟出。

杨　华　妈，原来你们在家啊。

茶　香　（恼怒）不在家还在哪里？你……你们都“生米做成熟饭了”，还想瞒着啊！

李　敏　我看你们还怎么狡辩。

何　倩　大妈、嫂子，你们可能误会了，我们是要……

茶　香　是要办大事吧，擦出火花了是吧？我看你长得也不赖啊，年纪轻轻的怎么就不懂得自重自爱啊！

何　倩　我……

杨　华　妈，你胡说什么啊！

李　敏　你们都做了，还不让人说啊。

茶　香　你这个忘恩负义的东西，看我怎么收拾你！

［茶香追打杨华，杨华四处躲避。

杨　华　妈，你发什么疯啊，我哪里得罪你啦？

茶　香　你得罪你媳妇了，我这是替媳妇收拾你。

李　敏　（坐在石凳上哭泣）妈，我们走！

杨　华　走？你们要去哪里？

李　敏　回娘家。

茶　香　对，回娘家。（转身欲走，猛然醒悟）哎哟，我回哪门子娘家啊，都是给他气糊涂啦！

李　敏　（抽泣地）杨华，只要你现在跟我去县城买房，我就当什么事情都没发生过，你走还是不走？

杨　华　老婆，我现在不能走。

李　敏　你真的不走？

杨　华　老婆，我真的不能走。

何　倩　嫂子，杨华现在还不能走。

李　敏　（怒怼）我们夫妻俩的事关你什么事？

何　倩　嫂子，我想你是误会了，我们是……

李　敏　你闭嘴，请你别纠缠我老公好不好！（哭）

杨　华　（着急）啊呀你别哭啊，我是想办件好事，办件大事。

茶　香　你能办什么好事？不要赚了几个钱就骨头轻。

杨　华　妈，我是想包——

茶　香　包二奶？

李　敏　（对观众）你们看看，都包上了！（哭）

杨　华　妈，你胡说什么啊。

茶　香　你做都做了还怕人说啊！

何　倩　大妈、嫂子，你们都误会了，杨华是要包村里的老茶厂。

李　敏
茶　香　什么，包茶厂？

杨　华　是啊。县里提出“‘一片叶’带动一方经济，富裕一方百姓”，出台了一系列惠农政策，老婆！

（唱）“三茶”推进促经济，

趁势而上抓时机。

茶园改造来提质，

扩大规模再投资。

承包茶厂添设施，

产业创新有活力，

茶品开发增效益，

百尺竿头再上新台阶。

李　敏　那你们俩……

杨　华　妈！老婆！你们全想歪了。何倩是茶叶技术员，我准备流转沿湖300亩山地，组建茶叶产业合作社，所以这些天我请何技术员帮我考察适合种植茶叶的沿湖山地。她陪我去县城，是到县茶叶站联系“鸠20”茶苗的事。

李　敏　原来是这样！

茶　香　这还差不多，像我儿子的样子！

李　敏　那你怎么不早说啊？

杨　华　不是早跟你说过了，一听暂时不去县城买房就立马跟我翻脸。

李　敏　那——那你也没跟我说清楚啊？

杨　华　你让我跟你说清楚吗？

李　敏　这……

何　倩　大妈、嫂子，杨华想把村里外出打工的乡亲们都叫回来，大家一起打造集采摘、产销、景观、旅游和研学相融合的茶叶产业合作社，带动村民一起致富！

杨　华　老婆，我把乡亲们都请回来，让他们把抛荒的茶园和土地都拿来入股，并吸纳他们为公司的员工，平时有工资，年底有分红，这样他们在家就待得住，你心心念念的孩子们就有了父母的照顾和陪伴。

茶　香　这个想法好！

李　敏　嗯，想法是挺好的！

杨　华　（兴奋地）这么说你们都同意啦？

李　敏
茶　香　不同意！

杨　华　（着急）为什么啊？

李　敏　为什么？杨华！

（唱）明知故问你真浑，
今天把话说灵清。
进城买房早商定，
要想放弃可没门。
再说了，家有茶园上百亩，
何必再去瞎折腾？

杨　华　老婆！

（唱）进城买房我谨记，
不会放弃你放心。
（白）老婆！
（唱）靠茶叶，我们发家致了富，
富了不能忘乡亲。
村民共富有责任，

百花齐放才是春。

李　敏　我不管，家里的钱是用来买房的，想要投资什么茶叶产业合作社，你想都别想。

茶　香　对，你想都别想。我就盼着早日住到城里去嘞！

何　倩　大妈、嫂子，杨华他成立茶叶产业合作社是为了帮助村民一起致富，这是一件大善事，我们应该支持才对。

李　敏　我没有不支持啊？只要他不动家里的钱，他爱干嘛就干嘛，我绝对不会反对。

何　倩　这——

杨　华　没钱我还怎么干啊？

李　敏　那是你的事。

杨　华　（拿过李敏的行李箱）老婆，去年村里 9 个孩子去镇上读初中，你可怜这些留守儿童，给每个孩子买了四季的衣裤鞋袜和生活用品，把这只行李箱装得满满的。你想过没有？如果他们的父母留在村里，他们就能得到父母的呵护，这不比你送点东西更强吗？老婆！

（唱）你心地很善良，

你天生热心肠。

看不得留守儿童想爹娘，

受不了缺少母爱可怜样。

你可知，送衣送物如隔靴搔痒，

不如让他们父母陪伴身旁。

老婆啊，富裕了不能只为自己想，

为了村里的孩子健康成长，

为了村民重回家乡，

流转山地把茶叶产业做强，

让村民入股共享茶叶芳香，

让村民共富利益共享。

老婆啊，你我殊途同归心思一样，
让我们携手为村民共富助力护航。

李　敏　（唱）老公他言之有理心敞亮，
说得我自惭形秽脸发烫。
为了城里去买房，
不管不顾太荒唐。
我不能只为自己想，
村民共富我也该贡献力量。

老公，房子先不买了，你都拿去投资你的茶叶产业合作社吧。

杨　华　（激动）老婆，谢谢你！

茶　香　媳妇，不去城里买房啦？

李　敏　妈，你看我们这多好，山清水秀、空气清新，哪儿能有比住在这里好啊。

何　倩　是啊，嫂子说得对，这些年通过新农村建设，乡村变美了，环境变好了，现在城里人都羡慕我们农村人呢！

茶　香　说得也是，我们这山美水美的，空气也好，何必要住到城里去呢？

杨　华　妈，等我们茶叶产业合作社成立以后，我们将开展旅游、品茶、研学等一系列综合经营项目，吸引城里的人都来我们这观光品茶，到时大家都有钱了，都富裕了，你想什么时候到城里买房就什么时候去买房。

茶　香　好好好！

众　哈……

[幕后合唱：村民要回乡，
乡村喜气扬。
共富有航向，
春暖茶飘香。

[剧终。

桃源春晓

时　间　春天

地　点　浙西桃源村

人　物　淑　琴，32 岁，下派桃源村的第一书记

菊　香，42 岁，桃源村村民

大春叔，65 岁，桃源村村民

荷花婶，63 岁，菊香母亲

三　苟，42 岁，桃源村村民

春　花，45 岁，桃源村村民

众村民

[幕启。

[嵯峨黛绿的群山连绵起伏，群山之巅有个三十几户的小村庄，村头有棵大树，树下一条小溪从旁边蜿蜒而过……

[晨曦中，大春叔在树下修理农具，菊香和村民在小溪中洗菜、洗衣。

[幕后合唱：都说桃源好风景，

要上桃源不容易。

山道弯弯路崎岖，

蚕丛鸟道坡陡立。

桃源人祖祖辈辈依山居，
桃源人靠山吃山难度日。

[幕后传来广播声：请村民到村头大树下集中，新来的第一书记今天要带大家去看山下的新村址……

[荷花婶和村民陆续上场。

春　花　大春叔，今天去看山下的新村址，您去吗？

大春叔　不去！我有房有地的，移什么民啊！

荷花婶　听说新的地方蛮好的。

大春叔　再好也是别人的地方。

三　苟　就是，日子过得好好的，移什么民啊。

[众人议论纷纷。

[淑琴上场。

淑　琴　（唱）一路风尘心着急，
趁早赶路回村里。
乡长嘱咐我牢记，
桃源偏远地贫瘠，
动员村民移山底，
乘东风、奔小康把新家园建起。

大家都来了。（和村民交谈）大家要过上好日子啊，就得走出大山，到条件好的山下去生活，去发展。

菊　香　你就别费口舌了。

大春叔　一年前乡里就动员了，你就别炒冷饭了！

众　人　是啊，谁愿意移民啊！

（唱）去年乡里就动员，
下山移民把家迁。
我们世代生活在桃源，
谁愿放弃祖业他乡迁。

淑　琴　各位乡亲啊！

（唱）我们村庄在深山，
山路陡峭少地田。
土地贫瘠容易旱，
各种作物生长难。
虽有果树遍满山，
交通不便出山难。
在山下，水果上市就变钱，
在山上，水果烂在树枝杆。
在山下，人家早往小康迈。
在山上，还为温饱在心烦。
不是桃源人不勤勉，
不是桃源人不能干。
怪只怪，桃源的环境太艰险，
怪只怪，桃源的交通太艰难。

（白）乡亲们，我们要想脱贫致富啊——

（唱）只有移民下山岭，
改变环境才有盼。

众村民　（唱）有房有地是家园，
穷点苦点心也安。
移民下山到他乡，
一无所有更艰难。

淑　琴　（唱）父老乡亲把心宽，
政府早已想周全。
统一规划住房建，
调配山地和农田。
交通方便环境变，
易于发展和生产。

（白）乡亲们啊！

（唱）为了子孙和后代，

也要下山把家迁。

三　苟　子孙后代我可管不着，关键是移民下山我能不能找到老婆。

大春叔　三苟，你是想女人想疯了吧。

菊　香　三苟，还是让我家的老母猪给你生只小母猪吧。

[众人哈哈大笑。

三　苟　去……你们是“饱汉不知饿汉饥”，我想女人有什么好笑的。

淑　琴　三苟叔，哪个姑娘愿意嫁到我们这穷山沟里来，到了山下，过上了好日子，就不愁讨不到老婆啦！

三　苟　只要讨得到老婆，我就下山。

菊　香　山下的女人可厉害嘞，当心让她们刮了你的皮。要下山你下，我们可不下。

淑　琴　菊香，山下的环境……

菊　香　你别说了，山下再好也是人家的，我的家在这里，反正我是绝对不会下山的。

[菊香说完，收拾洗好的衣服下场。

荷花婶　书记，你别介意，她就是这熊脾气，“刀子嘴，豆腐心”。

淑　琴　没什么，荷花婶，您愿不愿意下山啊。

荷花婶　我……呵呵，再说，再说。

[荷花婶忙收拾洗衣盆下场。

淑　琴　荷花婶……

大春叔　别叫了，没用。

淑　琴　大春叔，我就不明白，我们村的自然条件这么差，大家生活这么艰苦，有好的地方为什么不去哩？

大春叔　书记，俗话说“金窝银窝不如自家的狗窝”，我们这里是穷点，但我们有房有地的，为什么要下山呢？

[大春叔说完下场。众村民也议论纷纷地跟着大春下。

淑　琴　大春叔……（淑琴望着村民的背影愁容满脸）

（唱）看着村民会场离，

满腹惆怅心焦急。

不怪村民不理性，

不怪村民有怨气。

祖祖辈辈生存地，

怎说放弃就放弃？

上门工作做仔细，

讲明道理和现实，

要让村民消顾虑，

心甘情愿都迁移。

三　苟　书记，别理他们，他们不下山，我下山。

淑　琴　谢谢你，三苟叔！

三　苟　嘿嘿！

[暗转。山坡地，鸟语花香。

[荷花婶提菜篮，大春叔背着锄头上场，俩人不期而遇，激动而又尴尬地向对方打招呼。

大春叔　真巧！

荷花婶　是啊！你——近来过得好吗？

大春叔　一个人过，能好到哪里去。你呢？

荷花婶　（伤感地）唉……就这么一天天熬呗。

大春叔　（深有感触地）是啊，总是这么一天天熬啊！

荷花婶　是啊！

大春叔　你身体还好吧？

荷花婶　还好，就是有时候心痛胸闷。

大春叔　那你要注意点，有空到县里的医院去看看。

荷花婶　这大老远的交通又不便，以后再说吧。别说我了，你也该找个人成个家啦。

大春叔　谁会嫁给我这么个老光棍啊！

荷花婶　那也不一定。

大春叔　除非……

荷花婶　除非什么？

[两人双眼相对，又急忙避开。

大春叔　荷花——

（唱）我俩从小感情深，
青梅竹马心连心。
可恨你妈嫌我贫，
棒打鸳鸯拆婚姻。
逼你嫁到李家村，
害我孤单到如今。

荷花婶　大春！

（唱）提起此事我伤心，
怪我命苦没福分。
只恨桃源穷又贫，
爹妈才把我俩分。

大春叔　（唱）自你嫁到李家村，
痛苦万分没了魂。
我也曾经将你恨，
怪你无情太狠心。

荷花婶　（唱）不是我无情太狠心，
怕伤害父母心难忍。
违心嫁到李家村，
受尽煎熬我离了婚。
带着菊香回到桃源村，
本想和你续前情。
又怕闲言碎语来议论，

更怕菊香不愿伤她心。
转眼我俩过六旬，
夕阳已是近黄昏。

大春叔 （唱）夕阳也有余晖存，
老树更有花缤纷。
几十年风雨如浮云，
我俩彼此相爱要珍惜。
夕阳余晖剩下不多的光阴，
让我俩携手共度美好时辰。

荷花婶 （羞涩而激动地）大春！

大春叔 （动情地）荷花！

[俩人激动地欲相拥，恰巧淑琴上场，俩人急忙躲闪。

淑　琴 不好意思，我来得不是时候。

大春叔 （有点恼火地）你这闺女，迟不来早不来，我们刚刚来点……又让你给搅了。

荷花婶 （不好意思地）大春——

大春叔 荷花，没什么不好意思的。

淑　琴 是啊，这有什么不好意思的，大春叔、荷花婶！
（唱）你俩都是单身人，
相互钟情爱在心。
两情既然相爱深，
何不成就好婚姻。

大春叔 闺女啊！
（唱）要不是当年我家贫，
我俩早就已成亲。

荷花婶 （唱）只怪贫穷的桃源村，
拆散姻缘东西分。

淑　琴 是啊！

（唱）贫穷的桃源深入人心，
哪家姑娘愿嫁桃源人。
我们就该下山来移民，
不让子孙步我们的后尘。

大春叔 又是下山移民，你就没点新词吗？

荷花婶 大春，我看书记说得对，窝在这穷山沟里只能让子孙受穷。

淑　琴 是啊，为了我们的后代，下山移民是我们唯一的出路。如今县委县政府为了让我们这些山上的百姓能过上好日子，为我们在山下统一建造住房，而建房的钱我们只要出三分之一，山地、农田都无偿地划拨给我们，而且交通方便，离乡政府又近，只有三里地。

大春叔 再好的地方也是人家的。

荷花婶 大春，你还是考虑考虑吧。

淑　琴 是啊，大春叔，在这里，我们只能过着穷日子，到山下，才能过上富裕的生活，您还是再考虑考虑吧。

大　春 没什么好考虑的，要移民，你们移，我是不会离开这里的。（说完拿起锄头下场）

荷花婶 这倔老头！

淑　琴 荷花婶，您和大春叔什么时候办喜事啊？

荷花婶 嗨，都这么大年纪了，还办什么喜事嘞，再说菊香也不一定会同意。

淑　琴 荷花婶，菊香的工作我来做。

荷花婶 （犹豫地）这……

淑　琴 您就放心吧！

［暗转。菊香家中，有桌、椅等简单家具。

淑　琴 （唱）为了村民移下山，
借助俩老的好姻缘。
我做工作来牵线，
成就这段黄昏恋。
希望通过这件事，

做通工作、化解疑云、动员村民下山把家安。

[淑琴到门前敲门。

菊　香　（上场开门）是书记啊。

淑　琴　菊香，不欢迎啊。

荷花婶　（上场，热情地）是书记啊，来……过来坐！

[荷花婶让座倒茶。

菊　香　书记今天来，是访贫问苦哩，还是动员下山移民？要是动员下山移民，就请回吧。

淑　琴　菊香，我今天不是来动员下山移民的。

菊　香　那来做什么？有屁快放！

淑　琴　我今天来是为了荷花婶的事。

菊　香　（疑惑地）我妈的事？

淑　琴　是啊！

荷花婶　（有意回避）有事你们谈，我里屋还有事（下场）。

淑　琴　菊香！

（唱）今天不为移民和下山，

只谈荷花婶的好姻缘。

婶她风风雨雨几十年，

孑然一身太孤单。

人老需要人相伴，

荷花婶，应该找个老伴度晚年。

菊　香　（愕然）什么，为我妈找老伴？你真是“熊瞎子进玉米地——瞎掰”！

（唱）我妈有我照应和相伴，

用不着你来瞎胡言。

六十多岁找老伴，

说出去还不让人腰笑弯。

淑　琴　（唱）老来找伴很正常，

老年人也有爱和缘，

婶子和春叔早相恋，

有情人相爱相伴才圆满。

菊　香　什么，我妈和大春叔相爱？真是胡说八道！

（唱）相什么爱来相什么伴，

你胡说八道让人烦。

我妈诚实善良人称赞，

怎么可能谈情说爱把春叔恋。

（白）我家的事用不着你操心，你走吧！

淑　琴　菊香……

[菊香把淑琴推出门外，并关上门。

淑　琴　（敲门）菊香，你听我说……

[菊香恼怒地开门，把一盆脏水泼在淑琴的身上。

菊　香　谁让你多管闲事，给我滚！

[菊香狠狠地关上门，下场。

[淑琴愕然，顷刻委屈地流下眼泪。

淑　琴　（唱）一盆脏水泼得我身凉心寒，

为村民落此下场好辛酸。

原以为，成就这段好姻缘，

就能够，冰解冻释来破茧。

却不想，事与愿违碰壁岩，

桃源人，思想固执比石坚。

移民工作举步维艰，

犹如千斤重担压在肩。

心灰意冷愁绪添，

后悔来到山里面。

我何苦自作多情来相劝，

任由他们在苦难中熬煎。

（欲下，又犹豫、徘徊）

细思量工作总会有困难，

哪有一帆风顺没沟坎？

树立信心向前看，

牢记理想和信念，

迎着困难把工作开展，

动员村民离开大山。

为了村民奔向小康，

再苦再难也要勇往直前。

[淑琴下，光暗。

[光启。

[桃花村村头大树下。

[幕后合唱：小溪河水曲曲弯弯，

流过山涧，流过山村。

桃源人风风雨雨受尽穷困，

桃源村起起落落越过越贫。

[荷花婶拿着菜篮上场到小溪里洗菜。

大春叔 （见荷花婶上场忙迎上去）荷花，洗菜嘞。

荷花婶 （有些羞涩地）嗯，洗菜哩。

大春叔 我们的事有没有和菊香说过？

荷花婶 书记说了，菊香她不同意。

大春叔 荷花，你辛苦一辈子了，如今老了，也该为自己考虑考虑了。再说，菊香她凭什么不同意啊？

菊　香 （上场）凭什么？凭我是我妈的女儿。

大春叔 （有点紧张地）菊……香，我……

菊　香 我什么我？大春叔，您是长辈，我尊重您，但您要是想娶我妈，那是“癞蛤蟆想吃天鹅肉——你（您）休想”。

（唱）你一把年纪过六十，

还如此花心不知耻。

你不要老脸我要皮，
奉劝放手你休再提。

[听到吵闹声，淑琴和春花、三苟上场。

大春叔　（恼怒地）你——
（唱）你说此话没道理，
六十岁老人就不娶妻?
老年人找个伴相互好照应，
你横加干涉不讲理。

菊　香　什么，我不讲理？嘿，真是天大的笑话！你勾引我妈，还说我不讲理？

大春叔　你就是不讲理，你妈辛苦一辈子了，老了想有个伴，有什么错？

荷花婶　大春，求求你别说了。

三　苟　嘿……我还以为就我想女人，想不到大春叔你不光想，还早有动作嘞。真是“鱼挂得臭掉，猫饿得瘦掉”！

春　花　（对三苟）去！你这个搅屎棍，不要在这里胡说。

菊　香　你要找伴到别村去找啊，我妈有我做伴嘞。

大　春　我就喜欢你妈，你妈也愿意和我在一起，你同不同意，我都要娶你妈！

菊　香　呸！你这老东西真不要脸，想要娶我妈，除非太阳从西边出来！

淑　琴　菊香，他们这把年纪能走到一起也是件好事啊！
（唱）他俩年轻就相爱，
只因家贫毁姻缘。
如今成就黄昏恋，
是件好事别阻拦。

菊　香　（唱）什么年轻就相恋，
胡说八道瞎牵线。
你若再把闲事管，
休要怪我把脸翻。

淑　琴　菊香，你对我有意见可以提，我有做得不对的地方，我可以改，但这件事，我觉得你应该要理解。

荷花婶　（违心地）书记，你别说了，我都这把年纪了，不会再嫁了。

菊　香　你们听见没，我妈可不会再嫁了，（对大春叔）你就死了这条心吧。

大春叔　荷花，你怕她什么？我们大半截都埋进黄土了，该为自己活一回啦！

荷花婶　（伤心地）大春，还是算了吧。

大春叔　荷花……

菊　香　（厌恶地）你别死缠牢我妈，也不撒泡尿照照自己，就你这德性，还想娶我妈？

荷花婶　菊香，你怎么能这样说你大春叔？

众　人　是啊，话不能这么说。

菊　香　（恼怒地）关你们屁事！（对大春叔）我告诉你，你要是再缠牢我妈，别怪我对你不客气。

荷花婶　菊香……

大春叔　（激动地）我就缠牢你妈啦，你敢怎么样？

菊　香　（愤怒地）你……你这个断子绝孙的花老头，看我怎么教训你！

荷花婶　菊香，你别乱来……

[菊香和大春叔扭打在一起，荷花婶和众人劝架。

[荷花婶由于心急心脏病发作，瘫倒在地。

淑　琴　（扶住荷花婶）荷花婶……你们别打了，荷花婶病倒啦！

[菊香和大春叔停止打斗。

菊　香　（急忙过来扶住荷花婶，急切地）妈……妈！您怎么嘞？

荷花婶　（断断续续地）菊……香……别……这样对你大春叔，他……是你……亲爸！

[众惊愕。

菊　香　（不信地）这怎么可能？妈，这不是真的！

荷花婶　是……真的。（对大春叔）我……是怀着她嫁到李家村的。

大春叔　（悲痛地）你怎么不早说啊！

荷花婶 我……我……（昏迷）

大春叔 荷花……

淑　琴 快打电话叫救护车。

春　花 前天下雨上山的路塌方了，救护车上不来啊！

淑　琴 这……大家赶紧做个担架，一起把荷花婶抬下山去。

众　人 好！

[大家抬起荷花婶下场。

[菊香不知所措地愣着。

菊　香 （见大家抬着荷花婶下场，悲伤地）妈……（追下场）

[暗转。菊香家院子。

[菊香抱着荷花婶的遗像在淑琴、大春叔、三苟等村民陪同下上场。

菊　香 （悲痛地）妈……都是女儿不好，是女儿害了您啊！

（唱）怪女儿自私又封建，

只想着自己的颜面，

只顾及自己的算盘，

却不顾我妈的心愿。

我要是早听书记言，

我要是理解妈所盼，

我要是为妈多承担，

怎可能阴阳相隔悔恨晚。

妈……（哭泣）

淑　琴 菊香！

大春叔 （悲痛地）荷花……

（唱）我俩相爱数十年，

为什么你要把真相瞒，

为什么你不早点对我言，

为什么你要独自把痛苦担。

怪我对你关心不周全，

后悔没娶你到家里面。

到如今，只能隔着阴阳将你唤，

只能对着照片将你喊。

淑　琴　大春叔，菊香！

（唱）你俩不要太伤心，

保重身体最要紧。

你俩一切都安好，

婶婶在天上才安心。

（白）大春叔！

（唱）你和婶婶感情深，

只因家贫东西分。

如果当年的桃源不贫困，

你俩早结良缘早成婚。

如果救护车能把桃源进，

如果不是山路难行耽误时辰，

如果能及时到县城去就诊，

如今也不会阴阳相隔两离分。

让我们静下心来细思忖，

政府的政策是我们的福音。

移民下山改变生活和环境，

重建家园，齐心协力才能把小康奔。

大春叔　（愧疚地）书记！

（唱）怪我思想僵化死脑筋，

不听你好言相劝我真浑。

如今我愿意下山来移民，

到山下重建美丽的桃源村。

菊　香　书记！

（唱）怪我好坏不分性情蛮，

辜负你的好心头发昏。
今后不再糊涂瞎较劲，
移民下山建设小康村。
（白）爸！
（唱）原谅女儿自私又固执，
野蛮无理伤了爸的心。
从今以后父女常相伴，
扇枕温衾续父女情深。

大春叔 （激动地拥抱菊香）好，女儿！

淑　琴 乡亲们，我们明天就下山，去看看我们的新家园。

众　人 （鼓掌）好！

三　苟 走嘞——到山下去讨老婆嘞！

[众哈哈大笑。

淑　琴 三苟叔，您别急啊，谢了幕再走！

[众演员谢幕。

[幕后合唱：开启心中门，
拨开遮天云，
阳光暖人心，
桃源又逢春。

[剧终。

后 记

这本小戏集终于成册、付梓，它是我从事群文戏曲创作近二十年的一个总结，也包含我这些年来对小戏创作的激情和快乐、辛酸和无奈、挚爱和深情。至此，也就可以对我在工作期间的酸甜苦辣投去最后一瞥，从而和它告个别。

我是个比较感性的人，这些年来都是凭着自己的真性真情而为，不看人眼色行事，不愿意钩心斗角，不善于巴结奉承，始终怀着一颗善良而感恩的心，可以为戏中的情节泪水涟涟，也可以对现实中的陋习横眉怒目。正因为自己是一个性情中人，对事对人都是感性的，如是，就有了些落魄不羁的豪放，有了些多愁善感的情怀，也有了些对现实生活的理解和感悟，于是，就有了这些勉强可以称之为戏的小作品。

我感谢我生活的这个时代，也感谢我的领导和同事们，给我提供了一种人生契机，让我在工作中可以如愿地从事自己钟爱的戏曲创作，使我构筑起另外一个世界，将自己的心灵和剧中无数的心灵沟通，从而找到人生中的乐趣。同时，要感谢省文化馆专家和老师们的指导和帮助，促使我投入也许并不是我完全胜任的戏曲创作；也要感谢周子清兄弟在百忙之中为本书作序，叶志良兄弟为本书的出版鼎力相助；更要感谢方必盛局长、潘咏霞馆长的关心和支持。现在，我总算将自己的一些微不足道的收获献给多年来关心、支持和帮助我的领导、同事和朋友们。

今后，我还会把戏曲创作看成是生命的一部分，即使没有收获的指望，也会心平气和地继续在戏曲这块田地里耕耘。

方有禄

王寅初春于千岛湖